ВЕСЁЛАЯ КОМПАНИЯ

Ирина Пивоварова

ОДНАЖДЫ КАТЯ С МАНЕЧКОЙ

Повесть

Художник
Георгий Юдин

Москва
«МАХАОН»
2012

УДК 821.161.1-31-93
ББК 84(2Рос=Рус)6
П32

Пивоварова И.М.
П32   Однажды Катя с Манечкой: Повесть/Рис.Г. Юдина. – М.: Махаон, Азбука-Аттикус, 2012. – 128 с., ил. – (Серия «Весёлая компания»).

ISBN 978-5-389-03949-0

Весёлая, остроумная повесть о симпатичных сёстрах Кате и Манечке Сковородкиных, которые хоть и ссорились, но любили друг друга и считали красавицами.

УДК 821.161.1-31-93
ББК 84(2Рос=Рус)6

ISBN 978-5-389-03949-0

Как я решила написать книжку про Катю и Маню Сковородкиных

Однажды я сидела дома и пила чай с сушками и вишнёвым вареньем.

«Эх! – думала я. – До чего же славно всё-таки чай пить! Жалко только, что я одна сижу. Зашёл бы кто-нибудь на огонёк, что ли!»

И только я так подумала – дзинь! – звонок. Пришли две мои знакомые девочки, две родные сестры Катя и Манечка Сковородкины. Мы с ними в соседних подъездах живём, они – в третьем, а я – в четвёртом.

— Здравствуйте, тётя Ира! — весело закричала с порога старшая, Катя, неполных семи лет. — А что вы делаете, чай пьёте, да? Вот здорово! А мы думали, детские писатели целыми днями только книжки пишут.

— Здравствуйте, тётя Ира! — солидным басом вторила ей младшая, Манечка, неполных шести. — А можно нам с вами тоже чаю попить? А то я очень чай люблю. — И Манечка погладила себя по животу, чтобы показать, как она любит чай.

— И я люблю! — махнула тощей рыжей косичкой Катя. — Особенно с вареньем!

— А я особенно с сушками! — сказала Манечка.

— Так что же вы стоите? Садитесь! — пригласила я.

Катя с Манечкой мигом забрались с ногами на диванчик и наполнили блюдца вареньем. А я налила им крепкого душистого чаю, Кате в стакан с подстаканником, а Манечке — в большую чашку с синим кораблём.

— Чур, мой стакан! Чур, моя чашка! — закричали одновременно Катя с Манечкой, схватили одна — стакан, другая — чашку и, очень довольные, принялись прихлёбывать чай с вишнёвым вареньем. Манечка — из стакана с подстаканником, Катя — из чашки с синим кораблём.

— Ой, как вкусно! Какое вареньице сладкое! Правда, Манечка? — весело сказала Катя и как бы невзначай двинула своим острым, как конец линейки, локтем в пухлый Манечкин бок.

Манечка поперхнулась, но стакан не выронила (она его цепко держала).

— Прелесть вареньице, — важно сказала Манечка. — А сушечки — ещё лучше. Правда, Катечка? — Поставила стакан на стол, повернулась к сестре Кате и так щёлкнула её по лбу, что по комнате звон пошёл.

— Ну вот что, хватит, уважаемые сёстры! Вас надо рассадить, — сказала я. — Вы почему себя так безобразно ведёте? Да если бы я только знала, ни за что вас чаем не стала бы поить!

Лучше бы Нинку Кукушкину позвала и всё варенье с сушками ей отдала!

— Ой, не надо! Не надо Нинку Кукушкину звать! — сразу испугались Катя с Манечкой. — Нинка — вредная! Она нас Сковородками дразнит!

— Знаю я вас! — сказала я. — Вы, наверное, сами первые её дразните.

— Не дразним! Не дразним! — закричали обиженно Катя с Манечкой. — Мы только очень редко ей говорим: «Кукушка-кукушка, глупая ватрушка, в лужу упала, грязи набрала».

— Так я и знала, — сказала я. — Хороши, нечего сказать!

— Мы не виноваты, — сказали Катя с Манечкой. — Зачем она на нас Косте Палкину наябедничала, что мы у него ружьё сломали? Костя после этого с нами целый день дружить не хотел. А мы не нарочно. Оно само сломалось, правда, Манечка?

— Ага. Хоть бы эту кукушку-ватрушку Змей Горыныч за синие моря, за зелёные леса унёс! Знаете, как во дворе без неё хорошо бы стало! Вот возьмём и пошлём Змею Горынычу телеграмму: «Срочно унеси Нинку Кукушкину за зелёные леса и утопи её в синем море».

— Ничего себе! — удивилась я. — Вот вы, оказывается, какие жестокие дети, а я и не знала!

— Это Катя жестокая! Катя! — сразу закричала Манечка. — А я хорошая девочка! Добрая и послушная. Меня мама с папой всегда хвалят. Знаете что, тётя Ира, я вас давно хотела попросить: напишите про меня, пожалуйста, книжку, чтобы другим детям меня в пример ставить. Знаете, я как всем детям понравлюсь!

— Лучше про меня напишите! — обрадовалась Катя. — Ничего в Манечке хорошего нет.

— Это в Кате ничего хорошего нет! Скорее про меня напишите. Знаете, какая книжка, тётя Ира, хорошая получится! Я вам всё сама про себя расскажу, вам и сочинять ничего не надо будет.

И вы знаете, мне почему-то и в самом деле вдруг захотелось написать книжку про двух этих смешных девчонок. Просто даже непонятно почему? Вроде девчонки как девчонки. Ничего замечательного. Даже наоборот.

И действительно, я взяла и написала эту книжку. Вот она, перед вами.

Катя с Манечкой её уже прочли. Они её раз двадцать во двор таскали, всем показывали: Косте Палкину, Нинке Кукушкиной, Матвею Семёнычу, их приятелю, и даже дворнику Симе Ивановой, с которой у них были довольно сложные отношения. И ничего, всем понравилось. Даже вредной Нинке Кукушкиной.

Как Манечка и Катя
считали друг друга красавицами

Итак, жили-поживали на свете Катя и Манечка Сковород-кины. (Это только так говорится «жили-поживали». На самом деле они и сейчас живут себе поживают, только постарше стали.)

Были это дети неплохие. Довольно даже симпатичные. Во всяком случае, иногда (очень редко, правда!) их родители Вероника Владимировна и Валентин Борисович бывали ими довольны.

Это случалось, когда Катя не отнимала у Манечки любимую Манину куклу Зюзю с роскошными розовыми локонами, с оторванным ухом и с пришитой чёрными нитками правой рукой;

9

стеклянные шарики, которые Маня держала в специальной картонной коробочке и тёрла по утрам Зюзиной юбкой, чтобы блестели; осколки красной чашки в горошек, хранимые Маней в тумбочке пуще зеницы ока; камешки с Южного берега Крыма; сломанную ракетку от бадминтона; мамину пудреницу с треснутым зеркальцем, пуговицу и прочие весьма любимые Манечкой вещи, а Маня в ответ не поднимала оглушительный рёв и, заливаясь горючими слезами, не кричала оглушительным басом на всю квартиру: «Отдай, Катища-вредятища! Всё маме скажу!»

Когда Манечка не каталась без очереди на неподвижном велосипеде, который сделал для детей Валентин Борисович, и тощая Катя, безуспешно пытаясь столкнуть обеими руками с велосипеда толстенную Маню, не заявляла оскорблённо: «Слезь, Манища-тараканища! Всё папе скажу!»

Когда Катя и Маня не топали, как слоны, не визжали, как поросята, не орали, не били в кастрюли палками и не носились друг за другом, как разъярённые пантеры, по квартире.

Когда не разбивали посуды и тайком не выкидывали осколки в мусоропровод, а если выкидывали, то честно в этом признавались.

Когда жадная Манечка не съедала предназначенное для Кати мороженое, а вредная Катя не ставила Мане подножку именно в тот момент, когда Манечка торопилась первой поцеловать папу, возвращавшегося с работы, и неповоротливая Маня не грохалась на пол, как туго набитый мешок с картошкой, и вместо радостных приветственных возгласов по поводу прихода дорогого папочки стены прихожей снова не сотрясали громоподобные вопли.

Когда сёстры не стукали друг друга ложками по голове во время обеда, не красили в чернилах Катины старые джинсы, Манины новые носовые платки и длинные пушистые усы кота Мышкина, который при этом возмущённо мяукал и вырывался, оставляя на руках сестёр длинные красные царапины.

Когда не прыгали с криками «Алле-гоп!» и «Эге-гей!» на пружинных матрасах, изображая смелых артистов цирка.

Когда не шептались за спиной у Вероники Владимировны и не мешали ей писать акварелью специально купленные для этого букеты цветов. (Вероника Владимировна была художница.) А также не включали на полную громкость «Спокойной ночи, малыши!» во время шахматного блицтурнира Валентина Борисовича с соседом дядей Петей. (Папа Валентин Борисович был любитель-шахматист.)

Когда не удирали на соседние дворы со своими друзьями Костей Палкиным и Нинкой Кукушкиной и не пропадали там, занимаясь неизвестно чем. Не пели неприличных песенок, принесённых неизвестно откуда.

Когда подметали пол и мыли посуду. (Да, случалось и такое…)

Словом, повторяю, сёстры Сковородкины были всё-таки неплохие дети.

Одно непонятно: родные сёстры совершенно не были друг на друга похожи! Рыжая Катя была длинная и тощая, как спица. Всё у неё было острое — локти, колени, подбородок и даже нос.

А Маня была, наоборот, круглая и плотная, как кочанчик капусты приличных размеров. Нос у Манечки был, по мнению папы, похож на полуостров Таймыр. То есть он тоже был скорее круглый, чем вытянутый.

Но это у Манечки такой был нос, когда она ещё маленькая была. А по мере того как она подрастала и пользовалась любым подходящим случаем, чтобы брякнуться на землю и стукнуться носом (Манечка очень неповоротливая была!), то нос её от этого делался всё круглее и круглее и наконец принял почти идеально круглую форму, то есть стал похож на бильярдный шарик или на молодую розовую картошечку, и это, конечно, бедную Маню никак не украшало.

Глаза у Кати Сковородкиной были блестящие и жёлтые, как две совершенно новенькие копейки, а у её сестры глаза были

светло-голубые, как её любимые стеклянные шарики. Ресницы у обеих сестёр были длинные и рыжие. Косичка у Кати была короткая и тощенькая, а у Манечки косичка была подлиннее, светлая и тугая и завязана красной ленточкой. (Ленточка, правда, без конца развязывалась и терялась, отчего Маня часто ползала на животе под столом и стульями, разыскивая её, и при этом с грохотом опрокидывала эти самые стулья и иногда даже сваливала на себя вместе со скатертью со стола кастрюлю с молоком, горячие сырники и чайный сервиз.)

Катя с Манечкой часто ссорились, но друг друга любили и даже считали красавицами. Маня считала красавицей Катю, а Катя — Маню. Маня мечтала быть тощей, как её сестричка, и иметь такой же замечательный, длинный, острый нос. А Катя мечтала потолстеть и стать как Маня. А главное, она очень хотела, чтобы уши у неё не торчали в разные стороны, а, как у Мани, были аккуратно прижаты к голове.

Поэтому жизнь у сестёр Сковородкиных была беспокойная.

Манечка всё время сжимала свой круглый нос, чтобы он стал потоньше, и дёргала его, чтобы он вытянулся. Даже ночью она держала себя за нос, чтобы и во сне его вытягивать. Но зловредный нос становился от всего этого, наоборот, всё круглее и толще.

А Катя (разумеется, когда родителей дома не было!) даже дома ходила в шапке, чтобы уши у неё привыкли прижиматься к голове.

Но упрямые уши не привыкали! Только Катя снимала шапку, как они тут же вставали торчком!

Тогда однажды Катя взяла клей «БФ», намазала уши с обратной стороны клеем и целый день ходила в шапке, воспользовавшись тем, что папа был на работе, а мама ушла на художественный совет.

«Теперь всё будет в порядке! – думала Катя. – Клеем «БФ» не то что уши – им даже стеклянную чашку склеить можно!»

Кате не терпелось поскорей снять шапку, чтобы полюбоваться приклеенными ушами, но она всё же дождалась вечера.

А вечером Катя стала стягивать с себя шапку, а шапка не снимается! Она вместе с ушами к голове приклеилась.

Катя страшно испугалась. Она побежала в ванную и сунула голову прямо в шапке под струю горячей воды.

А шапка не отклеивается! Катя её дёргает, дёргает, а с шапки малиновая краска течёт Кате прямо по лицу – шапка крашеная оказалась.

«Ой! Что я наделала! – думает Катя. – Неужели мне теперь придётся в этой проклятой шапке так всю жизнь и ходить?»

Тогда Манечка решила Кате помочь. Она Катину голову в шапке стала изо всех сил мылом намыливать, чтобы она отклеилась. Не голова, конечно, а шапка. Можете себе представить, что это была за стирка! Вы, наверно, никогда не видели, чтобы шапку вместе с головой стирали. Катя с Манечкой малиновой краской и мыльной пеной с ног до головы перемазались. Еле-еле им удалось шапку от головы отклеить!

Но Катины уши тоже отклеились. Да ещё почему-то синие стали. Так что когда мама наконец возвратилась с художественного совета, она чуть в обморок не упала, увидев Катины синие уши и лицо в странных малиновых подтёках, а также Манин ярко-малиновый живот.

С тех пор Катя больше уши к голове не приклеивала, хотя и продолжала Мане завидовать.

— Угадай, — сказала Катя. — Кто у бабушки живёт — такой недобрый, в мягеньких тапочках, с большими-большими усами?

— Дедушка! — обрадовалась Манечка.

— Вот и нет! Киска!

— А теперь ты угадай: кто у дедушки живёт — такой большой-большой, с рогами, с хвостом?

— Корова!

— А вот и нет! Бык!

— Ка-а-тя! Ма-а-нечка! — вдруг услышали сестрички. На балконе стояла их мама, улыбалась и махала им рукой. — Как дела? Вы так тихо сидите, не спорите, не дерётесь — ничего не случилось?

— Ничего, мамочка.

— Чудеса в решете! В таком случае за хорошее поведение я решила сделать вам сюрприз: сейчас мы вместе с вами пойдём в гости к тёте Лене. Она испекла пирог.

— Ура! — закричали Катя с Манечкой. И от радости Катя изо всех сил шлёпнула Маню ладонью по животу, в ответ на что Манечка обеими руками пихнула Катю в спину, отчего та споткнулась и растянулась на асфальте.

— Вы опять за своё? — грозно нахмурилась Вероника Владимировна. — А ну, марш домой! Не видать вам лимонного пирога как своих ушей, глупые девчонки!

Катя с Манечкой пришли домой и сели, надувшись, в разные углы.

Но скоро им стало до смерти скучно. Тогда Катя взяла карандаш и бумагу и написала Манечке письмо (привожу это письмо почти без ошибок):

«Здравствуй бринцесса Маня. Давай играть, а то надоело сорица. Как ты себя чувствуешь?.. Каралева Катя».

Катя свернула письмо треугольником, написала на нём адрес: «Левый угол комнаты, Маничке Сковороткиной» — и кинула письмо Мане.

А что касается Манечки, то однажды она решилась на невероятный подвиг — целый день не ела, чтобы похудеть и стать стройной, как Катя. Она терпела, терпела... А ночью, прямо во сне, вдруг как подскочит, как кинется к холодильнику! Да так навернула, что у неё к утру разболелся живот и пришлось вызывать врача.

А Катя, между прочим, пока Маня голодала, наоборот, заставляла себя через силу глотать еду, чтобы потолстеть. И в результате тоже разболелась. Так что доктор Роза Макаровна их одновременно лечила.

Как видите, ничего хорошего не вышло из того, что Катя с Манечкой друг дружке завидовали. И я думаю — не случайно. Потому что завидовать — плохо. Уж какой ты есть, такой и есть, я так считаю.

Как Манечка и Катя загадывали загадки и рассказывали друг другу сказки

Катя и Манечка Сковородкины очень любили загадывать загадки. Хлебом их не корми – дай загадку загадать. Или отгадать. Они ко всем приставали, чтобы им все загадки загадывали. А не могут загадать – пусть отгадывают.

Тётя Лена Кулебякина, мамина подруга, придёт – к тёте Лене пристают. Дворника Симу во дворе встретят – тут же говорят: «Сима, Сима, угадай, что такое: восемь одёжек, да все без застёжек?»

Сима, конечно, не отвечает. Сима человек серьёзны[…] себе в далёкой деревне, приехала в город на высшие сц[…] курсы поступать, не поступила – дворником временн[…] лась… И вообще, человеку некогда – человек клумбы и[…] поливает. Клумбы польёт – цветы вырастут. Цветы вы[…] красиво будет. Красиво будет – все Симу станут хвали[…] графию повесят на Доску почёта, напишут под ней: «[…] дворник нашего ЖЭКа». А потом Сима поступит н[…] сценарные курсы и напишет сценарий для фильма.

Сима держит мокрый резиновый шланг, он у неё из […] вается, вода из него хлещет мощной струёй; глядишь, з[…] ся – обольёшь кого-нибудь ненароком, а тут ещё эти бе[…] дети Сковородкины прямо под шланг со своими загадк[…]

– Сима, Сима, что такое: еду-еду, следу нету?

– Да ну вас, отстаньте! – в сердцах скажет Сима. – […] «следу-еду»? Вот оболью – будете знать!

Тут из дому вышел Матвей Семёныч с первого […] авоську с бутылками, бутылки сдавать.

– Матвей Семёныч! Матвей Семёныч! Что та[…] одёжек, да все без застёжек?

Матвей Семёныч остановился, поглядел на Ка[…] через очки и вежливо сказал:

– Я думаю, это капуста.

– Правильно! Правильно! А что такое: лёг ус[…] горбатый?

– Скорее всего, это кот.

– Верно! А теперь вы нам загадайте загадку!

– Да?.. Гм… Ну, угадайте, например, куда я и[…]

– Бутылки сдавать! Бутылки сдавать!

– Абсолютно верно. Желаю доброго здоровья[…]

Матвей Семёныч махнул рукой и ушёл. Во дв[…] стало. Пусто. Время летнее. Катя с Маней присе[…] и решили сами себе загадки загадывать.

Манечка прочла письмо и сразу же написала ответ (тоже, конечно, с ошибками): «Здраствуй, каралева Катька. Ты плохая, но всё равно. А что будем делать?.. Бринцесса Маничка».

«Будем рассказывать сказки» — такой был ответ. И Катя с Маней тут же помирились и стали рассказывать сказки.

— Жил-был мальчик... — со страшным завыванием в голосе начала Катя.

— Он учился в математической школе, — перебила её Манечка.

— Нигде он не учился, а был лентяй и непослушный. Звали его Вася. Ему мама сказала: «Не ходи, Вася, в лес», а он взял и пошёл.

— А в лесу жил злой волк! — закричала Маня. — Он набросился на Васю, проглотил его и лёг на полянку кверху брюхом отдыхать. А охотники пришли, услыхали, как он храпит, распороли ему живот и вынули непослушного Васю. И с тех пор Вася всегда слушался!.. Но это неинтересная сказка, я тебе получше расскажу... Жила-была девочка Маша.

— Однажды она заразилась микробами и умерла! — перебила Манечку Катя. — И её похоронили на кладбище и на могиле написали: «Так будет со всеми девочками, которые не моют руки и не чистят зубы». А теперь я тебе расскажу... Жили-были сестрица Алёнушка и братец Иванушка. Братец Иванушка ходил в детский сад, а сестрица Алёнушка — в школу в первый класс.

— Я, я дальше расскажу! — закричала Манечка. — Братец Иванушка с сестрицей

Алёнушкой всё время спорили, что лучше – школа или детский сад? Сестрица Алёнушка говорила, что детский сад, потому что в школе двойки и строгие учительницы. А братец Иванушка – что школа, потому что в саду пенки и гуляют парами. Тогда сестрица Алёнушка рассердилась и толкнула братца Иванушку в пруд. Братец Иванушка закричал: «Тону! Караул!» И сестрица Алёнушка прыгнула в пруд прямо в джинсах и колготках и спасла братца Иванушку. С тех пор они больше не спорили.

– Это скучная сказка, – сказала Катя. – Я тебе повеселей расскажу... В одном царстве, в одном государстве жил-был дедушка Хрюшкин. У него была синяя борода и длинные-предлинные зелёные усы, а в саду на деревьях росли орехи в шоколаде. А ещё у него была собственная коза. Она стирала рубашки и вешала их сушить на дедушкины усы.

– Ой, я хочу дальше! – не выдержала Манечка. – Однажды учёная коза выстирала рубашки и повесила их сушить на зелёные дедушкины усы. А рубашки от ветра надулись, как воздушные шары, и дедушка Хрюшкин взлетел прямо в воздух! А у него была любимая собачка Вертихвостик. Она как завертит хвостиком – вжжик-вжик-вжик, тоже взлетела и давай дедушку догонять!

– И вдруг ветер кончился, и дедушка Хрюшкин стал падать, – страшным голосом сказала Катя.

– Но тут подлетел к нему Вертихвостик, дедушка сел на него, как на коня, и они понеслись домой к учёной козе.

– И вдруг дедушка увидел вдали большие клубы чёрного-чёрного дыма. Дедушка вынул из-за пазухи подзорную трубу и увидел в неё пожар в детском садике. Бедные детки на крышу вылезли, ревут, а с крыши прыгать вниз боятся...

– А огонь всё ближе, ближе! Ой, как страшно! У одного мальчика Вовочки Иванова даже штаны загорелись.

– А у одной девочки Зюзи Николаевой искра вскочила на бантик, и она как закричит: «Ой, мой бантик горит! Где я теперь второй такой достану?»

— И тут как раз дедушка Хрюшкин спустился на Вертихвостике на крышу и посадил на него всех детей.

— И воспитательницу?

— И воспитательницу. Потому что она была хорошая, никому замечаний не делала и никого пенки есть не заставляла.

— А как же они все уместились на Вертихвостике?

— А он выворачивался как подзорная труба. Он стал длинный-длинный, и все на него сели и полетели на море за водой. Все зачерпнули по ведру и вылили сверху на детский садик, и он потух. Дедушка Хрюшкин вообще любил пожары тушить.

— Конечно! Он в молодости был лучший пожарник, а потом на пенсию ушёл. Но всё равно, как пожар где увидит, сразу его тушит. Однажды на мороженном заводе пожар начался. Дедушка сразу его потушил, но мороженое всё равно всё растаяло, как потечёт по улице! Ну прямо как река! Все дворники испугались, а дедушка им сказал: «Не бойтесь, сейчас весь город станет чистый, как стекляшка!»

— Почему?

— А потому, что из всех домов выскочили кошки и собаки и принялись лизать улицы, и в одну минуту так чисто вылизали, что их и мыть даже не надо было.

— А ещё что дедушка Хрюшкин любит?

— Жареные котлеты, — сказала Манечка. — Ой, как с кухни приятно жареными котлетами пахнет! Это мама по новому папиному рецепту жарит. Пойдём поглядим?

Катя с Маней побежали на кухню смотреть, как мама жарит котлеты.

— Пришли, драчуньи глупые? — сказала мама. — Что, есть захотели? Ладно, погодите немного, скоро папа придёт, вместе будем обедать.

— И дедушку Хрюшкина позовём?

— Что это ещё за дедушка?

— Это замечательный дедушка! Он только в другом городе живёт. И если он сегодня к нам к обеду прилететь не успеет — понимаешь, он очень занят, он пожары тушит, — то мы тогда ему несколько жареных котлет в посылке пошлём, ладно?

— Новое дело, — сказала Вероника Владимировна. — Я смотрю, наша семья увеличивается. Сколько же мне теперь прикажете жарить котлет?

— Побольше. Дедушкин Вертихвостик тоже котлеты любит.

— Ах, и Вертихвостик котлеты любит? Что ж делать, придётся жарить. Не оставлять же Вертихвостика без котлет? Ну, а теперь, мои дорогие, давайте-ка начистите картошку. И побольше. Ведь дедушка Хрюшкин и его Вертихвостик варёную картошку тоже, наверно, любят?

— Обожают, — сказала Манечка.

И первый раз в жизни Катя и Маня Сковородкины без всяких понуканий и напоминаний, очень живо и даже с большим удовольствием начистили полную кастрюлю картошки.

Письмо на Дальний Восток

Катя и Манечка очень дружили с инвалидом войны Матвеем Семёнычем. Матвей Семёныч был хороший, старый, ходил с палкой и хромал. Его Альфа тоже была старая и тоже прихрамывала. Она вся была чёрная, только морда седоватая.

Раньше Катя с Манечкой никогда не видели седых собак, они даже не знали, что собаки тоже умеют седеть от старости. И им почему-то было жалко Альфу. И Матвей Семёныча жалко. Потому что у него, кроме Альфы, была только дочь Надя, которая жила со своим мужем Володей на Дальнем Востоке, очень далеко от Москвы, и совсем почти никогда не приезжала.

То есть она всё время собиралась приехать, навестить Матвей Семёныча, но всё никак не могла собраться, оттого что у неё было трое детей.

Фотографии этих детей висели у Матвей Семёныча на стенке, и Катя с Манечкой знали их по именам. Слева висел старший — Гриша, в серёдке средний — Павлик, а справа Анечка, самая младшая, двух лет.

Эти дети Кате с Маней не нравились, потому что они не писали Матвей Семёнычу письма. Гриша не писал, потому что учился в третьем классе, занимался в математическом кружке и был очень занят. Павлик не писал, потому что ленился. А младшая Анечка не писала, потому что ещё не умела писать.

И дочка Надя писала не часто, потому что тоже была занята — занималась хозяйством, ходила на работу и воспитывала детей.

Матвей Семёныч очень любил свою дочку Надю и всех этих детей — Гришу, Павлика и Анечку, хоть они и родились на Дальнем Востоке и он их никогда не видел. Надиного мужа Володю он тоже никогда не видел. Матвей Семёнычу трудно было ехать на Дальний Восток, потому что он был больной, у него болели спина и ноги.

Иногда он так плохо себя чувствовал, что Катя и Манечка сами гуляли во дворе с его Альфой и даже иногда сами варили ей суп из костей. Ничего сложного — положишь кости в кастрюлю, нальёшь воды, они и варятся себе в кастрюле часок. А потом кастрюлю надо с плиты снять, покрошить в неё хлеба — вот суп и готов! Альфа его очень любила и могла целую миску сразу слопать.

Когда Матвей Семёныч чувствовал себя хорошо, он каждый день открывал ключом почтовый ящик, а потом тяжело поднимался по лестнице.

Когда от Нади приходило письмо, он тут же, у почтового ящика, вынимал его из конверта и говорил:

— Голос, Альфа!

И давал нюхать Альфе письмо. И Альфа нюхала и лаяла на весь подъезд. А когда соседи возмущались, что она лает, говорил:

— Мы получили письмо. Собака радуется. Надо же понимать!

А потом Матвей Семёныч звонил по телефону Валентину Борисовичу, приглашал сыграть партию в шахматы и читал ему вслух письмо.

И Кате с Маней читал.

Эти письма были очень интересные. Надя писала, что недавно получила повышение по работе и теперь работает уже не простым бухгалтером, а главным. Что Володя уезжал в командировку на три дня в соседнюю воинскую часть. Что у Павлика болел живот, Анечка нечаянно проглотила пуговицу, а Гриша засунул карандаш в электросеть и устроил короткое замыкание, так что они все сидели весь вечер в темноте, пока не пришёл монтёр и не починил сеть.

Ещё она писала, что очень хочет приехать в Москву повидать папу, но никак не может, и волнуется, как папа себя чувствует.

— Дети растут, надо же понимать! — гордо говорил Матвей Семёныч. — Скоро они будут такие, как вы, и приедут навестить дедушку.

И Матвей Семёныч писал в ответ письмо на Дальний Восток, а Катя и Маня относили письмо на почту.

Катя и Манечка с нетерпением ждали приезда Гриши, Павлика и Анечки, но те всё не ехали.

Альфа тоже ждала. Она тоже, вместе с Катей и Манечкой, смотрела на стенку, на фотографии Матвей Семёнычевых внуков.

Альфа вообще была умная. Когда Катя с Маней приносили ей косточки и кидали прямо в передней, она всегда уносила их на кухню, клала в свою миску и грызла, как бы говоря:

«Всему своё место. Пусть косточки лежат в моей тарелке. Они такие вкусные! Надо же понимать!»

Однажды Вероника Владимировна дала для Альфы целую большую миску косточек (потому что она сварила холодец), и Маня с Катей взяли миску и понесли к Матвей Семёнычу.

Они позвонили раз, другой – Матвей Семёныч не открыл.

Они снова позвонили – не открывает.

Альфа лаяла за дверью, а Матвей Семёныча, наверное, не было. Это было странно, потому что Матвей Семёныч всегда и всюду ходил со своей Альфой.

Катя с Маней побежали обратно и стали звонить Матвей Семёнычу по телефону. Он не подходил.

– Дайте я позвоню, – сказала Вероника Владимировна. – Вы, как всегда, перепутали номер!

Она стала звонить сама, но только после четвёртого или пятого гудка Матвей Семёныч подошёл к телефону.

– Аллё, – сказал он.

– Матвей Семёныч, что с вами? – взволнованно спросила Вероника Владимировна. – Почему вы не откликаетесь?

– Большое спасибо. Всё в порядке, Вероника Владимировна, – неохотно и тихо ответил Матвей Семёныч. – Напрасно вы волнуетесь. У вас и своих дел много. Надо же понимать!

– Матвей Семёныч, вы не заболели? У вас голос какой-то странный.

– Нет, что вы, голос как голос... Благодарю вас, Вероника Владимировна. Не беспокойтесь, я вас прошу.

– Матвей Семёныч, милый, можно я к вам заскочу на минутку? Я тут написала незабудки в вазочке, и мне необходимо с вами посоветоваться. У вас ведь такое чувство цвета! Вы лучше всех разбираетесь в моей живописи! И Катя с Манечкой соскучились. Они для Альфы целую миску косточек приготовили! И вообще, Матвей Семёныч, у меня сегодня вышел потрясающий холодец, вы такого в жизни не ели!

– Вы очень внимательны, Вероника Владимировна. Холодец – это вещь прекрасная. Но я вас прошу, приходите без холодца, мне и так будет приятно. И вы уж, ради бога, извините, что я сегодня не совсем в форме. Просто я подсчитал, что уже три года не видел свою дочь, а её детей, то есть своих собственных внуков, не видел вообще ни разу в жизни.

— Мы сейчас придём...

Вероника Владимировна повесила трубку, сняла со стены свой самый лучший натюрморт с незабудками, положила на тарелку аппетитный кусок холодца с хреном и вместе с Катей и Манечкой отправилась к Матвей Семёнычу. Катя с Манечкой тащили в миске косточки для Альфы и всю дорогу спорили, кого Альфа любит больше, Катю или Манечку.

— Меня, — говорила Катя. — Я её глажу чаще.

— Нет, меня, — говорила Манечка. — Я её чаще за ухом чешу.

...На этот раз Матвей Семёныч открыл дверь сразу. Он был в полосатой пижаме, и голос у него был уже не такой грустный.

— Ах, какая замечательная картина! — воскликнул он. — Какие чудесные незабудки! Вы, Вероника Владимировна, талантливый художник, надо же понимать. А на меня, старика, не обращайте внимания. Временный спад. Я уже в форме. Как-никак бывший фронтовик. А бывшему фронтовику нельзя киснуть!

— Да, Матвей Семёныч, конечно, — засмеялась Вероника Владимировна. — А можно мне подарить вам этот натюрморт? Я его специально для вас ведь рисовала.

— О-о, мне будет очень приятно! Очень! Я ваш большой поклонник, Вероника Владимировна. И хотя я бывший бухгалтер, но всё же в хорошем кое-что смыслю.

Катя и Манечка прикрепили натюрморт кнопками к стене, причём неуклюжая Манечка два раза укололась, но виду не подала (неловко было перед Матвей Семёнычем, который на войне воевал и был очень смелый). А потом Катя с Маней отнесли Альфе на кухню миску с косточками, и Альфа грызла косточки, а Матвей Семёныч любовался натюрмортом.

А потом все пили чай с вареньем из облепихи, которое прислала Матвей Семёнычу с Дальнего Востока дочка Надя, и после чая Вероника Владимировна и Катя с Манечкой пошли домой.

— Садись, — сразу сказала Катя Манечке, как только они пришли к себе в детскую. — Садись. Будем писать письмо.

— Какое письмо? — удивилась Манечка.

— На Дальний Восток, Матвей Семёнычевой Наде.

— А что мы ей напишем?

— Чтобы приезжала побыстрей. Сколько можно на своём Дальнем Востоке сидеть? А Матвей Семёныч всё один да один. Это у каждого терпение лопнет, не только у бывшего фронтовика! Как она только не понимает, а ещё главный бухгалтер!

— Ага, — сказала Маня. — Глупая какая! А ещё главный бухгалтер!

И Катя с Манечкой (вернее, одна Катя, потому что Манечка совсем ещё коряво писала, как вы сами уже поняли) написали письмо на Дальний Восток дочке Матвей Семёныча Наде.

Вот что было в этом письме. Привожу его без ошибок.

«Дорогая Надя. Скорее приезжайте. Потому что ваш папа очень старенький и скучает. Не забудьте, пожалуйста, привезти ваших детей Гришу, Павлика и Анечку, потому что мы с ними хотим познакомиться и играть в лапту, прятки и фантики. А ещё мы им покажем нашего Бобика и Зюзю. Шлём большой привет от мамы и папы. Катя и Манечка Сковородкины».

Они сами отнесли письмо на почту и попросили какого-то длинного мальчишку сунуть письмо в почтовый ящик.

А когда они, очень довольные тем, что выполнили такое серьёзное дело, вернулись с почты, то неожиданно встретили в подъезде, возле почтового ящика, Матвей Семёныча с Альфой. Матвей Семёныч читал Альфе вслух письмо, и Альфа громко лаяла от радости. Потому что письмо было от Нади и в нём Надя писала, что через неделю со всей семьёй приедет в отпуск в Москву к Матвей Семёнычу и, если он захочет, заберёт его с собой на Дальний Восток.

— Вот видишь! — обрадовалась Катя. — Наше письмо подействовало!

— Ага, — сказала Манечка. — Вот мы какие! Нас все боятся и слушаются!

Встреча в зоопарке

Однажды Валентин Борисович со своими дочками Катей и Маней отправился в зоопарк. День был зимний. Маня и Катя были одеты в меховые шубки, на ногах сапожки, а на головах вязаные шапки. У Кати – с круглым помпоном, у Мани – с кисточкой.

Катя с Манечкой с большим удовольствием шли, держа папу за руки, Катя – за правую, Маня – за левую, и вертели по сторонам головами.

Манечка сушки с маком грызла. У неё в правом кармане лежали три сушки и в левом – четыре. Всего семь. Вот она их и грызла.

А Катя подкидывала ногой льдышку. Запульнёт подальше, дёрнет папу за руку, покажет ворону на дереве:

— Пап, а пап, погляди, какая ворона красивая! — И тут же стихи сочинит:

Вот ворона чёрная,
Чёрная, учёная,
У неё учёный дар
Громко каркать «кар-кар-кар».

Потом на старинный дом с колоннами поглядит.

— Ух ты! — скажет. — Какой дом красивый! Вот бы в таком доме жить! Я бы в том окошечке жила, а ты, папочка?.. — И снова стихи сочинит:

В том окошке бы жила,
Чай с баранками пила,
Папу в гости приглашала,
Ну, а Маньку не звала!

— Ну и не надо! — обиделась Манечка. — Я бы сама тебя не звала, очень ты мне нужна.

Манечка важная шла. Под мышкой кукла Зюзя (она тоже в зоопарк попросилась). Ноги спереди торчат, а голова сзади растрёпанная высовывается. Кукла Зюзя большая неряха, всегда причёсываться забывает. Вот в зоопарк пошла, а не причесалась. И шапку не надела, глупая. Простудится ведь!

А Манечка шла в красивой новой шапке. На сапожках молнии не спущены, шубка на правильные пуговицы застёгнута — приятно посмотреть. Даже платки носовые из карманов, как обычно, не высовываются и до земли не свешиваются!

Маня шла и задавала папе вопросы:

— Папочка, а что такое «прогресс»? Это когда прогревают? Папочка, а что такое «искусство»? Это когда из кустов выска-

32

кивают? Папочка, а почему, когда зима, то холодно? Папочка, а тебе понравилась та девчонка, которая пробежала? Правда, противная? Как ты думаешь, как её зовут?

Папа, надо сказать, на Катины и Манины слова отвечал рассеянно. Он на ходу обдумывал предстоящую турнирную партию в шахматном клубе и мысленно передвигал на шахматной доске слона с поля Е3 на поле С5.

Не успел он его передвинуть, как они все втроём подошли к зоопарку. Рядом с кассой висела табличка: «Билеты для взрослых 30 коп., для детей – 10 коп.».

Катя с Маней сразу сказали:

— Чур, нам билет для взрослых. Мы уже взрослые!

И папа – делать нечего – вынул деньги и купил два взрослых билета и один детский. Взрослые он отдал дочкам, а себе оставил детский.

Шёл приятный снежок. Дорожки были утоптаны, было воскресенье, и в зоопарке было много народу. Некоторых животных в клетках не было, потому что зимой зверям сидеть в клетках на улице холодно, и их перевели в зимние вольеры. Но всё-таки в некоторых клетках вдоль дорожки сидели некоторые зверьки.

— «Нутрия американская», – прочла Катя. – Смотри, папочка, это нутрия американская! Питается мелкой рыбкой. Запомнил?

— Запомнил, – сказал папа.

— А вот этого зверька зовут «визель». Смотрите все, это крыса визель. Папа, ты запомнил, как зовут эту крысу?

— Визель, – послушно сказал папа. – Какое необычное название!

— Между прочим, эта крыса питается злаками и распространена в странах с сухим и жарким климатом, – важно прочла Катя.

— Ага, – сказала Манечка. – Катя права. В странах с сухим и жарким климатом.

— Потрясающе! — обрадовался папа. — До сих пор ничего не слыхал о крысе визель! Как полезно ходить в зоопарк со взрослыми детьми!

И вот так они ходили и смотрели на всяких зверей и птиц. А потом они вошли в закрытые вольеры и глядели на волков, медведей и тигров, и Катя с Маней крепко держали папу за руку, чтобы он не боялся.

А один тигр вдруг как зарычит! И Катя с Манечкой как бросятся к дверям, как выскочат на улицу! Это они, оказывается, за папу испугались, чтобы тигр на него не набросился и не разорвал на кусочки!

И тут, на улице, — вот так встреча! — папин знакомый из шахматного клуба, Ким Васильевич Пятаков. Идёт и тоже за руку ребёнка тащит. Мальчика, лет семи.

— Здравствуйте! Как поживаете, Валентин Борисович?

— Добрый день! Рад видеть, Ким Васильевич! Ну, как, играем сегодня вечером?

— Конечно. Ровно в семь. Смотрите не опаздывайте… А это что же, ваша смена? Будущие Чибурданидзе и Александрия?

— Никакие мы не «бурданидзы»! — обиделась Манечка.

— И не «александры», — сказала Катя.

— Дети, что же вы не здороваетесь! — воскликнул Валентин Борисович. — Вот не знал, что у меня дочки такие невоспитанные!

Но Катя с Маней, как только увидели мальчика, сразу насупились и сердито отвернулись.

— Ну хоть скажите, как вас зовут, милые барышни? — весело спросил Ким Васильевич. — Приятно будет познакомиться!

— Меня зовут Нутрия Американская, — сказала Катя и запульнула ногой льдышку.

— А меня — Европейский Волк! — грозно сказала Маня и с треском вонзила зубы в сушку с маком.

— Вот это да! — поразился Ким Васильевич. — Ну и попал я в компанию!

— Подумаешь, Европейский Волк! — скорчил презрительную рожу мальчишка. — А зато я Австралийский Гигантский Муравьед!

— А я Лошадь Пржевальского! Лошадь Пржевальского! — закричала оскорблённая в лучших чувствах Катя Сковородкина.

— А я... я... я... — разгорячилась Манечка, забыв на минуту даже про сушку с маком. — Я — Свинья Бородавчатая, вот кто!

— Бог ты мой, что творится! — только и выдохнул потрясённый Ким Васильевич и даже схватился за сердце. — Я-то думал, передо мной дети как дети... На вид милые такие... Никогда не скажешь!.. И даже собственный сын!.. Кто бы мог представить?! Ладно, пошли Муравьед. До встречи, Валентин Борисович!

— Тоже мне, Гигантский Муравьед! — сказала Катя. — А у самого нос в зелёнке! — И Катя обернулась и показала язык Гигантскому Муравьеду, который в это же самое время показал ей кулак и сморщил свой перемазанный зелёнкой нос.

— Дурак! — сказала Манечка.

— Ну зачем ты так? — сказал папа. — Это наверняка умный и хороший мальчик. Мне просто неудобно за вас, милые дети. Вы так странно себя вели...

— Да что ты, папочка, какой же он умный и хороший?! — сказала Маня. — Все мальчишки дураки, правда, Катя? — И Манечка как ни в чём не бывало принялась за сушки.

Потом она снова дала руку папе и сказала:

— Папочка, послушай, а почему облака по небу бегают? А почему все мальчишки такие? Как ты думаешь? Папочка, а почему свинья бородавчатая? У неё борода, что ли? А лошадь? Лошадь почему «прожевальская»? Её кто-нибудь прожевал?

О папе Валентине Борисовиче и о стенгазете «Яичница»

А сейчас я хочу вам поподробнее о папе рассказать, Валентине Борисовиче Сковородкине. Этот папа, по правде говоря, мне очень симпатичен. Кате и Манечке просто повезло, что у них был такой милый, хороший папа.

Папы, правда, почти все хорошие (как и мамы, конечно), но Валентин Борисович был какой-то особенно хороший. Катю и Манечку очень любил, Веронику Владимировну — тоже и вообще ко всем относился хорошо и доброжелательно.

Все сотрудники по работе любили и уважали Валентина Борисовича за то, что он был талантливый инженер и верный товарищ. Коллеги по шахматному клубу тоже с большим почтением относились к Валентину Борисовичу, потому что он был прекрасный шахматист.

Сотрудникам по работе Валентин Борисович всегда уступал лучшее время отпуска. В метро и автобусе никогда никого не толкал, а если кто-нибудь толкал его, то он горячо извинялся.

На работе он ни от каких поручений не отказывался. Однажды начальник поручил ему выпустить сатирический номер стенгазеты «Шпилька», вместо заболевшего сотрудника Захлебаева. Валентин Борисович Сковородкин никогда раньше не выпускал сатирических газет, но он согласился, потому что не мог отказать человеку в просьбе.

Он поехал с рулоном бумаги домой, случайно задел рулоном шляпу какого-то гражданина, шляпа упала, папа стал извиняться, бросился её поднимать и уронил свои очки. Очки разбились, рулон упал на рельсы, его переехал поезд, а папа снова горячо извинялся перед дежурным по станции.

Огорчённый и уставший, Валентин Борисович приехал наконец домой и весь вечер рисовал стенгазету.

Папа никогда раньше не рисовал карикатур, но он был способный. И чтобы не обижать никого из сотрудников карикатурами и шаржами, он нарисовал посреди газеты огромную карикатуру на самого себя в виде длинного тощего зайца, вскакивающего в двери проходной с криком: «Караул! Опаздываю!!!» На что начальник, который стоит тут же в виде вполне симпатичного волка, грозит ему пальцем и говорит: «Ну, Заяц, погоди!»

Все очень смеялись. Только начальник, который неожиданно оказался чрезвычайно похожим на папиного волка, обиделся.

И папа поклялся, что никогда в жизни больше не будет рисовать стенгазет.

Однако уже вечером следующего дня Катя в стареньких своих джинсах и Манечка в синем переднике вместе с папой сидели на полу в детской и увлечённо рисовали сатирическую семейную стенгазету под смешным названием «Яичница», которое придумал папа.

С этого вечера Валентин Борисович на целых два месяца увлёкся выпусканием «Яичницы». Он стал её главным редактором, а Катя и Манечка – главными сотрудниками. Папа рисовал карикатуры, Катя сочиняла стихи, а потом Катя с Манечкой кисточками старательно рисовали красивую зелёную рамку и всякие там звёздочки, бабочки и цветочки.

Первый номер «Яичницы» был целиком посвящён Веронике Владимировне.

Валентин Борисович нарисовал Веронику Владимировну, которая стоит на кухне, мешает в кастрюле огромными кисточками суп, а вместо фартука на ней висит деревянная, перемазанная красками палитра.

Под этим рисунком Валентин Борисович поместил следующие, своего сочинения, стихи (как видите, он и это умел делать, так что Катя со своими стихотворными способностями пошла явно в него!):

Ах, как я устала –
Штопала, стирала!
Надоело суп варить,
Я хочу творить, парить!
Ненавижу я кастрюль,
Киселей, яичниц,
Потому что я не нуль,
А творческая личность!

Это, конечно, стихи были не бог весть какие, но Кате с Маней понравились. Потом они все трое взяли из альбома мамину фотокарточку, нарисовали прямо на маме усы, большой чёрный берет и широкую чёрную блузу с бантом, какие в старину носили художники, приклеили фотокарточку на стенгазету и нарисовали под ней большие красивые буквы: «Знаменитый художник Вероника Владимировна». А потом ещё Катя написала своей рукой такие стихи:

Ты у нас не дворник,
Ты и не сапожник,
Не бухгалтер, не кассир,
А большой художник!

Манечка нарисовала вокруг газеты рамку, венок из незабудок и васильков, сверху, под названием, – улыбающееся лицо своей любимой куклы Зюзи, чем-то удивительно смахивающее на кусок пирога с капустой, и они показали стенгазету маме.

Когда Вероника Владимировна увидела свою испорченную фотографию, она сначала ужасно разозлилась! А потом ничего, засмеялась. Её развеселила кукла Зюзя и то место, где было сказано, что она «большой художник». Вероника Владимировна с этим была совершенно согласна.

Но всё равно она не очень-то обратила внимание на стенгазету. Ей, как всегда, было некогда, она хотела поскорее сесть писать цветущий кактус на фоне окна – уж очень он был хорош!

Вероника Владимировна всегда писала цветы, когда освобождалась от домашних дел.

КАК КОТ МЫШКИН ТОЖЕ ПРОЯВИЛ ЗАМЕЧАТЕЛЬНЫЕ СПОСОБНОСТИ

Однажды Вероника Владимировна делала рисунок для ткани. Вероника Владимировна долго старалась, но рисунок никак не получался – цвета выходили какие-то мрачные, скучные.

«Да в платье с таким рисунком ни одна женщина не захочет ходить! – думала Вероника Владимировна. – Постарела я, что ли? Всё это похоже на осеннюю лужу. Наверно, оттого, что у меня настроение плохое. Пойти, что ли, в кино, рассеяться немножко?..»

Вероника Владимировна позвонила своей подруге Лене Кулебякиной, и они вдвоём отправились в кино. Потом они зашли на выставку известного художника, поглядели пейзажи, повосторгались, поахали, написали в книге отзывов всякие приятные слова о высоком мастерстве этого художника, потом немного посидели в кафе, и настроение Вероники Владимировны несколько поднялось.

Она весело попрощалась с Леной и пошла домой дорисовывать эскиз.

«Назову его «Весенняя радость», — думала она. — Пусть он будет весёлый, живой и сочный. Пусть там будет много зелёного, голубого и ярко-жёлтого. Ткань будет лёгкая, весенний шёлк, и пусть каждая женщина, которая сошьёт себе из этой ткани платье, почувствует себя счастливой! Ах, честное слово, я с большим удовольствием примусь сейчас за работу!»

Вероника Владимировна не знала, не могла догадаться, что её милые дочери, оставшись дома в одиночестве, времени тоже не тратили, а решили немного заняться творчеством.

Они раскрыли баночки с гуашью, которые стояли на столе Вероники Владимировны, и стали мазать гуашью на белом листе бумаги. Они с увлечением мазали минут пятнадцать по большому белому листу, превратив его тут же в неразборчивое месиво красок и не оставив ни кусочка незарисованного места, а потом откинули головы и стали разглядывать своё «произведение», точь-в-точь как это делала Вероника Владимировна. Они прищуривали глаза, склоняли головы направо и налево и даже глядели на рисунок в кулак, но, как видно, тоже от своего творения в восторг не пришли.

— Какая-то гадость! — заявила Катя. — Видно, мы постарели. Ничего у нас с тобой, Манечка, не получается. Разве это рисунок? Это не рисунок, а сплошное недоразумение!

— Это всё оттого, что у нас настроение плохое! — воскликнула Маня. — Надо позвать Мышкина и устроить кино.

Они побежали на кухню за котом Мышкиным, застав его за малопочтенным занятием (Мышкин ел на плите прямо из сковородки котлету), и прямо с котлетой в зубах поставили Мышкина на стол Вероники Владимировны. Серый толстый Мышкин сначала не мог понять, чего от него хотели. И вообще его интересовала только котлета, поэтому он немедленно её доел и с удивлением взглянул на оживлённые лица Кати с Манечкой, по которым сразу заподозрил, что они задумали какую-то очередную каверзу.

«Дело добром не кончится! — подумал Мышкин. — Надо побыстрее смыться!»

Но не тут-то было. Вырваться из рук юных хозяек оказалось невозможно, и кот Мышкин, тяжело вздохнув, подчинился их воле.

Катя с Манечкой, весело хихикая, обмакнули мягкие лапы Мышкина в баночки с гуашью (левую переднюю — в зелёный цвет, правую переднюю — в жёлтый, левую заднюю — в синий, правую заднюю — в голубой) и силком заставили Мышкина пройтись по бумаге.

«Ишь что придумали! — ворчал про себя Мышкин. — Ну, смотрите, мама придёт, задаст вам перцу! Она не допустит, чтобы на её столе кто-нибудь хозяйничал! Она за меня отомстит, вот увидите, глупые девчонки!»

Мышкин, брезгливо дёргая лапами, прошёлся по бумаге, соскочил на пол и умчался на кухню, оставляя на полу разноцветные следы.

Когда пришла Вероника Владимировна, она, разумеется, рассвирепела, обнаружив в своей комнате следы присутствия её непослушных дочерей.

— Екатерина! Мария! А ну, идите сюда! — закричала она. — Вы что мне тут устроили?! Кто вам позволил сюда входить, гадкие каракатицы?! Кто вам разрешил касаться моих красок?! И что это за кошмарная грязь на столе и на полу, отвечайте!

— Это не мы, мамочка! — сразу испугались Катя с Маней. — Это Мышкин! Он сюда вбежал и на стол... А мы его не пускали! Правда, Мышкин? Ну, скажи, скажи мамочке, правда, мы тебя не пускали?

«Как же! Не пускали! — проворчал про себя Мышкин и потёрся спиной о ногу Вероники Владимировны. — А ну-ка, мамочка, дай им жару! А то совсем распустились!»

– А это ещё что?! – продолжала грозно Вероника Владимировна. – Что это тут лежит?! Откуда это взялось?! – И она схватила в руки разноцветный лист бумаги и вдруг замолкла и принялась с удивлением его разглядывать. Минуты две она молча разглядывала коллективное творение. Катя с Манечкой уже подумали, что сейчас мама порвёт его на мелкие кусочки, но она вдруг сказала: – Странно. Ничего не понимаю. Кто это мог нарисовать? Ведь не вы же, мартышки бесхвостые?..

– Конечно, не мы! – обрадовались Катя с Маней. – Это Мышкин рисовал. Правда, здорово?

– Вообще-то неплохо, – подняв брови, сказала Вероника Владимировна. – Вот не думала, что Мышкин у нас такой способный! Просто талант!.. И какое решение оригинальное, какая свежесть! У меня бы, честно говоря, никогда бы так не получилось! Совершенно весеннее настроение! Как раз как я хотела! Ну и кот! Да это же просто не Мышкин, а настоящий художник! Ай да Мышкин! Шедевр!

Говоря так, Вероника Владимировна быстро и решительно проводила кисточкой по «шедевру».

– Так, та-а-к... И тут чуть-чуть... Немножко ультрамарина добавить... Чуточку берлинской лазури... Вот сюда охры золотистой капельку... Чудесно!.. Ещё чуть-чуть стронция... Ура! Всё готово! Ай да Мышкин-Шишкин!

Вероника Владимировна бросила кисточку, схватила в охапку дочек и закружила по комнате. Кот Мышкин вспрыгнул на книжную полку и сверху поглядел на рисунок.

«И правда ничего! – подумал он. – Вполне приличный рисунок! Ай да Мышкин! Ай да я!»

– Мамочка, а можно мы этот эскиз на стенку повесим? – попросили довольные неожиданным оборотом дела Катя с Манечкой. – Можно мы его назовём «Прогулка Мышкина в сосновом лесу»?

– Можно! Всё можно! Вот только я сначала чистовую композицию сделаю.

Вероника Владимировна быстро села за стол, энергично и аккуратно перерисовала эскиз, кое-что в нём добавив и кое-что убавив, а потом позвала на радостях дочек пить чай с азербайджанской пахлавой, которую она принесла из Дома художника.

А вечером Катя с Манечкой потащили эскиз во двор похвастаться Косте Палкину и Нинке Кукушкиной.

— Отлично! — сказал Костя. — Похоже на цветущие джунгли.

— Это называется «Весенняя радость», или «Прогулка Мышкина в сосновом лесу», — гордо сказали Катя с Манечкой.

— Ничего себе, «радость»! — сказала Нинка Кукушкина. — Не поймёшь ничего, какая-то каша! Это не «радость», а сплошная гадость!

— Сама ты гадость! — обиделась Манечка.

— Не обращай внимания, — сказала Катя. — Нинка Кукушкина ничего в искусстве не понимает. Правда, Кость?

— Понимаю! А вот и понимаю! — закричала Нинка. — Подумаешь, какие воображалы нашлись! Я в чём хочешь понимаю, не только в искусстве!

Но Нинка была неправа. Она действительно в искусстве ничего не понимала. Вот вредничать, ябедничать, выдумывать всякие небылицы, прыгать на одной ножке и, высунув язык, дразнить Катю с Маней «сковородками» — в этом она разбиралась.

Как Манечка и Катя дрессировали Мышкина

Однажды Катя и Манечка решили стать клоунами в цирке. Они посадили на диван Бобика, куклу Зюзю, корову Маришу из папье-маше, пластмассового крокодила Гену, немолодого жёлтого медведя Гришу и двух престарелых зайцев без глаз, без хвостов и без имени и стали веселить публику.

Они нарисовали себе красной краской рот до ушей и стали хохотать, падать на пол, кривляться, пихаться и кувыркаться.

Публика громко смеялась и аплодировала. Корова Мариша от смеха даже повалилась на пол, и у неё отскочило колесо.

Все остальные тоже остались довольны. Особенно Зюзя и Бобик. Они сидели рядом, ели мороженое, и Зюзя сказала Бобику, что она ничего в жизни не видела смешнее этих клоунов, захлопала большим круглым глазом и томно прибавила: «Ма-ма!»

Катя с Маней ещё немножко покувыркались и покривлялись, но скоро им это надоело, и они решили показать уважаемой публике дрессированного кота Мышкина.

Они взяли круглые пяльцы и стали заставлять Мышкина в них прыгать. Но Мышкин отказался и спрятался.

Тогда они поняли, что Мышкин выступать в цирке не готов, сначала его надо дрессировать. И сёстры стали дрессировать Мышкина. Они положили на середину комнаты половинку сосиски и закричали:

— Мышкин, ни с места!

А Мышкин кинулся и съел сосиску.

Тогда они положили другую половинку сосиски, а сами схватили Мышкина и крикнули:

— Мышкин, ни с места!

Мышкин стал вырываться из рук, глядя на сосиску, но Катя с Манечкой его не пустили.

— Ты должен терпеть, глупый кот! — сказали они ему. — Если не научишься терпеть, то и в цирке выступать не будешь, понял?

«Понял», — подумал Мышкин и вырываться перестал. Но как только Катя с Манечкой его выпустили, он бросился к сосиске и тут же её проглотил.

Катя и Манечка долго тренировали Мышкина, и Мышкин стал даже какой-то грустный и испуганный. От каждого крика он прямо-таки вздрагивал, но сосиску всё равно съедал. «Попробуй её не съесть, — грустно думал Мышкин, — если она прямо перед тобой на полу лежит! Нет уж, лучше я не буду в цирке выступать! Не нужна мне слава».

Мышкин в два счёта съедал сосиску и виновато глядел на Катю с Манечкой, а рассерженные Катя с Манечкой долго его стыдили. Однажды они десять раз подряд клали на пол сосиску, и Мышкин каждый раз бросался к ней и моментально съедал. «Эх, – думал Мышкин, – пропади всё пропадом!»

Тогда Катя и Манечка, потеряв всякое терпение, сказали ему:

– Ну, вот что, упрямый и противный Мышкин! Если ты и сейчас нас не послушаешься, мы от тебя откажемся и отдадим тебя в детский дом для беспризорных котов, и ты там хоть с утра до ночи ешь сосиски, но нас ты больше в глаза не увидишь.

Мышкин совсем расстроился. Он, конечно, любил сосиски, но Катю с Манечкой он тоже любил. Он даже не знал, кого любит больше – сосиски или Катю с Манечкой. Во всяком случае, в детский дом для беспризорных котов ему не хотелось. Поэтому он жалобно замяукал, виновато сел на хвост и стал мыть свои уши.

Уши у Мышкина были очень пушистые. Катя с Манечкой подумали: «А может, Мышкин не виноват? Может, ему сквозь его пушистые уши не слышно? Может, надо крикнуть посильнее?»

Они положили на пол кусочек мороженой трески и заорали так, что стёкла в раме затряслись:

– Мышкин! Ни с места! – да ещё для верности затопали ногами.

Мышкина от страха чуть удар не хватил. Он подскочил на месте, перевернулся волчком, бросился под диван и с трудом втиснулся в узкое пространство между диваном и полом.

Довольные Катя с Маней решили повторить опыт.

– Ну вот, – сказали они. – Это совсем другое дело! А теперь иди сюда, Мышкин! Иди сюда, миленький! Съешь эту треску, мы разрешаем.

«Спасибо, – думает Мышкин под диваном. – Попробуй отсюда вылези, застрял я!.. Нет уж! Никакой мне вашей трески не надо! Мне тут спокойней. Вот до чего вы меня довели. От такого крика можно нервнобольным стать».

Катя с Манечкой долго вытаскивали Мышкина из-под дивана, а он упирался и дико мяукал.

Зазвонил звонок, прибежала соседка Анна Ивановна:

— Что здесь происходит? Что за крики? Что за топанье немыслимое? У меня хрустальная ваза с полки свалилась! Распустили детей! Хулиганят направо и налево! Сейчас милицию вызову!

Тут Катя и Манечка сами испугались не на шутку. А Мышкин, слыша, какая над его хозяйками возникла угроза, захотел вылезти из-под дивана, но не смог и взвыл ещё сильнее.

— Так вы ещё и животных мучаете?! — встала на колени и заглянула под диван соседка. — Бедный котик, зачем эти противные дети тебя туда затолкали? Ну и дети пошли! И чему их только родители учат?

Она сунула руку под тахту, хотела Мышкина вытащить, а Мышкин взял и оцарапал её, да ещё и укусил.

— Ай! — закричала соседка. — Глупый кот! Не понимает, кто ему добро делает! Несознательное существо! Весь в своих хозяек!

Тут Мышкин взял и вылез. Не стерпел, чтобы его хозяек оскорбляли. Задрав хвост, он с большим достоинством пересёк комнату и вышел вон, как бы желая дать понять, что он ни в чьей помощи не нуждался и просит всяких соседок оставить его в покое. С боков и хвоста Мышкина свешивались длинные серые мотки пыли.

— Вот видите! — сказали Катя с Манечкой. — Никого мы не мучаем! Ваш Вовка сам вчера к нашему Мышкину во дворе приставал, за усы дёргал. И если он ещё его будет дёргать, мы сами на вашего Вовку в милицию заявим.

Тогда соседка встала с колен, возмущённо отряхнулась и сказала:

— Господи, а пыли-то, пыли! Небось сроду не подметали! А пахнет-то, пахнет! Ну прямо, как в зоопарке! Интеллигентное семейство, называется! Анекдот! — И возмущённо удалилась.

С тех пор Катя и Манечка больше Мышкина не дрессировали. А и в самом деле, чего его дрессировать? Он и так умный! Ну а в цирке — в цирке котам выступать не обязательно.

Как Манечка переодевалась
и что из этого получилось

Однажды Вероника Владимировна с Катей ушли в поликлинику, а Маня осталась дома одна.

Манечка любила одна оставаться. Она при этом времени не теряла.

Она тут же полезла в шкаф, надела на себя мамино платье с оборками, чёрные туфельки на высоких каблуках, модную шляпу под смешным названием «таблетка» и стала пристально и внимательно разглядывать себя в зеркало.

50

Потом она накинула на плечи мамину шаль, приколола мамину брошку, а рядом два своих значка, «Чебурашку и «Крокодила Гену», и, очень довольная, стала прохаживаться по комнате.

Шляпа-«таблетка» сползала Манечке на круглый розовый нос, ноги в туфлях то и дело подкашивались, отчего Маня раза два грохнулась на пол, оборки платья волочились по полу, но Маню это нисколько не смущало.

Она даже выглянула в таком шикарном виде в окно. И даже, как бы невзначай, вышла на балкон, чтобы её заметили Костя Палкин и Нинка Кукушкина, которые гуляли во дворе.

Ей казалось, что она стала необыкновенно хороша собой, и хотелось, чтобы Костя и Нинка оценили её красоту. Особенно ей хотелось понравиться Косте Палкину. Но Костя Палкин, как назло, на балкон не глядел.

Тогда Манечка перевесилась через перила и громко закричала:

— Костя! Нинка! Доброе утро!

Нинка Кукушкина посмотрела вверх и так и застыла, увидя Манечку Сковородкину. Она раскрыла рот и выпучила глаза, а брови её поднялись до такой степени, что, казалось, были готовы соскочить со лба. Странная фигура на балконе показалась ей одновременно Маней и Маниной мамой.

А Костя от удивления чуть не упал на землю.

Манечка осталась очень довольна произведённым ею впечатлением. Она поправила на плечах шаль, кокетливо улыбнулась себе в зеркало, но тут раздался звонок в дверь, и Манечка поспешила отворить, радуясь, что кто-то ещё увидит её в таком замечательном наряде.

На пороге стояла незнакомая маленькая старушка с жёлтым личиком и маленькой чёрной сумочкой и протягивала Мане какие-то бумажки.

— Вы будете гражданка Сковородкина? Вам срочная корреспонденция. Телеграмма. Распишитесь вот тут.

— Благодарю вас, — важно сказала Манечка. — Сейчас распишусь. Одну минуточку.

Она взяла из рук старушки огрызок карандаша, послюнила его круглым розовым языком и с большой старательностью вывела среди каких-то чёрточек и значков на бумаге большие кривые буквы «М» и «А», начало своего имени. Она уже собралась было приступить к букве «Н», как старушка нетерпеливо заглянула через её плечо:

— Что это вы, гражданка, так долго расписываетесь? У меня служебное время ограничено. Сейчас проверим, правильно ли вы расписались?

Она вырвала у Манечки бланк, надела очки и пристально взглянула на зеленоватый листок.

— Чего это вы тут разрисовали?! — сурово крикнула она. — Вы что, гражданочка, грамоте не обучены?

Она недовольно взглянула на Манечку сквозь толстые стёкла очков, и тут ей открылось, что перед ней вовсе не взрослая гражданка Сковородкина, а какая-то малолетняя особа в напяленной вкривь и вкось взрослой одежде.

— Что же это творится, граждане?! — закричала она. — Какие-то бессовестные дети нарушают общественный порядок! Обманывают взрослых! Больше никогда в жизни не стану вам доставлять на дом срочную корреспонденцию! Сами являйтесь на «пункт связи».

И старушка ушла, хлопнув дверью.

Манечка ужасно огорчилась. Её весьма испугали таинственные слова «пункт связи». Она живо представила себе, как они с Катей и мама с папой идут по серой, пасмурной дороге на «пункт связи», где их встречает сердитая старушка и связывает длинной грязной верёвкой.

От этой картины слёзы готовы были уже брызнуть из Маниных глаз, но тут в дверь снова зазвонили.

На этот раз Манечка уже с некоторым испугом открыла дверь. За дверью стояли Костя Палкин и Нинка Кукушкина. Их трудно

было узнать. Костя был завёрнут в настоящую тигровую шку-ру. По кафельному полу тянулся длинный, подбитый грязным белым шёлком, полосатый хвост. Из-под шкуры высовывались загнутые носки малиновых, бархатных, вышитых бисером, домашних туфель Костиной тёти Глафиры Андреевны.

На Кукушкиной была напялена огромная, до пят, чёрная телогрейка, вся перемазанная зелёной масляной краской. Нинка, сразу же, как увидела Манечку на балконе, побежала домой наряжаться. Но поскольку дом оказался закрытым на ключ, она нарядилась в телогрейку, валявшуюся на полу в лифтёрской.

Нинкина голова увенчивалась старым драным абажуром с чёрной от грязи бахромой, отчего Кукушкина походила на огромный ядовитый гриб с висюльками.

Оба гордо смотрели на Манечку. Потом, не говоря ни слова, прошествовали в квартиру.

В это время Валентин Борисович Сковородкин возвращался с работы. Он был доволен, что его отпустили с работы раньше времени.

«Сейчас я увижу моих дорогих дочек, — с нежностью думал Валентин Борисович. — Всё-таки дети у меня славные. Интересно, чем они занимаются? Кажется, они собирались сегодня выжигать дощечку. Как бы не спалили всю квартиру, с них станет!.. Нет-нет, дети у меня хоть и озорные, но всё-таки достаточно благоразумные. Какое счастье, что я их сейчас увижу. Я так по ним соскучился!»

Войдя во двор, Валентин Борисович сразу же бросил радостный взгляд на окна своей квартиры… и у него захватило дух.

«Что это?! — остановившись, в сильнейшем недоумении подумал Валентин Борисович и даже потёр себя рукой по лбу. — Ничего не понимаю! Уж не совещание ли лесных троллей Московской области происходит сейчас на нашем балконе? Что означают эти три загадочные фигуры?»

Пока Валентин Борисович, приставив козырьком ладонь к очкам, соображал, откуда на его балконе могли взяться столь странные, непонятные существа, из подъезда напротив выскочила ещё какая-то небольшого размера диковина, покрытая с ног до головы проеденным молью ворсистым ковром, и, перебежав рысью двор прямо перед самым носом Валентина

Борисовича, вскочила в подъезд, где находилась квартира семьи Сковородкиных.

В ту же минуту из соседнего подъезда выбежала радостная маленькая девочка, на голову которой была напялена коричневая сетчатая авоська, а на голые ноги — огромных размеров чёрные галоши. За ней торопился некто в синих очках, задрапированный в клетчатую розовую скатерть. И наконец последним важно прошествовало существо-«чемодан»...

Тут нервы Валентина Борисовича не выдержали, и он пошатнулся. Существо-«чемодан» было целиком одето в старый продранный матерчатый чемодан, из которого высовывались лишь голова, руки да ноги, принадлежавшие как будто бы самому обыкновенному парнишке лет восьми.

«Да-а, — подумал Валентин Борисович. — Дела-а... Видно, я переутомился, в отпуск пора». — И, потрясённый до глубины души только что виденным, стал подниматься к себе домой.

Папины изобретения

Однажды Катя и Манечка призадумались, хорошо ли им живётся на свете. И решили, что хорошо.

У них всё было. Своя собственная комната, которую папа называл «площадка молодняка». Своя собственная шведская стенка, которую построил папа, когда увлёкся спортом. Свой собственный аквариум, который купил папа, когда увлёкся разведением аквариумных рыбок. Свой собственный гербарий с цветами и травами, который они собрали летом на даче вместе с папой. И наконец, целая гора своих собственных (бывших

56

папиных) шахматных журналов, которые девочки любили разглядывать по вечерам перед сном.

Но это ещё не всё. В детской, рядом с книжным шкафом, в котором хранились свои собственные, Кати-Манечкины книжки с картинками, стоял, специально укреплённый на полу, большой деревянный велосипед, на котором можно было кататься, не съезжая с места. Конструкцию неподвижного велосипеда придумал папа, когда увлёкся изобретениями. К слову сказать, папа в то время изобрёл, кроме деревянного велосипеда, валенки для натирки пола, автоматический веник с моторчиком и новый сорт котлет.

Идея валенок была гениально проста. Надо было всего-навсего засунуть ноги в старые, стоптанные валенки и натирать себе пол.

Чтобы не было обидно, папа, Катя и Манечка натирали пол по очереди. Папа уверял, что это очень полезное занятие, особенно для Мани. Но Манечка, натирая пол, так часто падала, разбивала нос и так громко хныкала, что её пришлось отставить. И папа с Катей сами натирали пол, взявшись за руки и раскатываясь по полу каждый на одной ноге, в одном валенке, как будто катались на коньках.

Автоматический веник был устроен уже гораздо сложнее. К обычному венику папа приделал моторчик, и когда нажимали кнопку, веник начинал вырываться из рук и самостоятельно носиться по всей квартире.

Шуму от этого веника было много, пыли ещё больше, поэтому автоматический веник пришлось в конце концов упразднить, то есть снять с веника моторчик, что значительно облегчило уборку квартиры.

После изобретения автоматического веника папа изобрёл домашние качели. Он купил ящик гвоздей, топор, молоток, доски, с большим трудом достал инструкцию по изготовлению качелей и принялся строить...

Вскоре качели висели в детской комнате, на крюке, специально приделанном к потолку, и Катя с Манечкой весело на них раскачивались.

Папа так увлёкся, что сделал бы ещё качели в гостиной, для качания гостей, но мама испугалась, что может рухнуть потолок вместе с хрустальной люстрой, доставшейся семье Сковородкиных в наследство от бабушки. А кроме того, она опасалась, что вместе с потолком и люстрой на них может свалиться весь мебельный гарнитур семьи Четвертаковых, проживавшей этажом выше, вместе с хозяевами Анной Ивановной и Михаилом Юрьевичем, а также их сыном — семиклассником Володей.

Кстати сказать, вскоре выяснилось, что качелями в детской тоже нельзя пользоваться – с потолка сразу начинала сыпаться штукатурка...

Поэтому всё кончилось тем, что Маня катала на качелях свою куклу Зюзю, а Катя – кота Мышкина, который всегда при этом норовил убежать и отчаянно орал и царапался, несмотря на свой спокойный, вежливый и положительный характер.

Да, кстати, кот Мышкин тоже был свой собственный. Катя и Маня нашли его, когда он был ещё совсем котёнком.

Словом, папины изобретения не принесли никакой особой пользы семье Сковородкиных. Кроме деревянного велосипеда. Деревянный велосипед пользовался в семье огромным успехом. На нём катались все – и Катя, и Манечка, и Валентин Борисович, и даже Вероника Владимировна.

Вероника Владимировна садилась на велосипед и принималась бешено вертеть педалями, когда сердилась. Когда ей в очередной раз страшно надоедало домашнее хозяйство и она горевала о том, что должна стоять у плиты или мыть полы вместо того, чтобы с утра до ночи писать акварелью натюрморты и блистать на поприще искусства...

Валентин Борисович любил обдумывать на велосипеде очередное изобретение или трудную шахматную партию...

Катя с криком «ура!» влезала на велосипед, когда ей было очень весело или когда она с пластмассовой саблей в руках изображала красную конницу...

А толстая Манечка Сковородкина крутила педали, чтобы похудеть. И она похудела бы, уверяю вас, если бы, слезая с велосипеда, не мчалась сейчас же на кухню стрельнуть бутерброд с сыром, пирожок с капустой и стаканчик молока заодно с чашечкой компота.

Вредная Нинка Кукушкина

Однажды Катя с Манечкой вышли во двор, а там сидела на лавочке Нинка Кукушкина в новеньком коричневом школьном платье, новеньком чёрном переднике и очень беленьком воротничке (Нинка была первоклассница, хвасталась, что учится на пятёрки, а сама была двоечница), и Костя Палкин в зелёной ковбойке, сандалиях на босу ногу и синей кепке с большим козырьком.

Нинка с воодушевлением врала Косте, что встретила летом в лесу настоящего зайца и этот заяц так Нинке обрадовался, что сразу же залез к ней на руки и не хотел слезать. Тогда Нинка принесла его домой, и заяц целый месяц жил с ними, пил из блюдца молоко и караулил дом.

Костя слушал Нинку вполуха. Истории про зайцев его не волновали. Вчера он получил от родителей письмо, в котором говорилось, что, возможно, через год они возьмут его в Африку, где они сейчас жили и строили молочно-консервный комбинат, и Костя сидел и обдумывал, что он с собой захватит.

«Не забыть удочку, – думал Костя. – Капкан для змей обязательно... Нож охотничий... Надо купить в магазине «Охотник». Да, ружьё ещё. Винчестер. Или двустволку».

Тут подошли Катя с Манечкой.

– Это что! – сказала Катя, выслушав конец «заячьей» истории. – Это пустяки! Подумаешь, заяц! Зайцы – это чепуха! Вот у нас на балконе уже целый год настоящая коза живёт. Аглая Сидоровна звать.

– Ага, – сказала Манечка. – Аглая Сидоровна. Она к нам погостить приехала из Козодоевска. Мы уже давно козьим молоком питаемся.

– Точно, – сказала Катя. – Такая коза добрая! Столько нам всего привезла! Десять пакетов орехов в шоколаде, двадцать банок козьего сгущённого молока, тридцать пачек печенья «Юбилейное», а сама ничего, кроме клюквенного киселя, супа с фасолью и ванильных сухарей, не ест!

– Двустволку куплю, – почтительно сказал Костя. – Из двустволки сразу двух тигров убить можно... А почему именно ванильных?

– Чтобы молоко хорошо пахло.

– Врут они! Никакой козы у них нет! – рассердилась Нинка. – Не слушай, Кость! Ты же их знаешь!

– Ещё как есть! Она в корзине спит по ночам на свежем воздухе. А днём загорает на солнышке.

– Врушки! Врушки! Если бы у вас на балконе коза жила, она на весь двор блеяла бы!

— Кто блеял? Зачем? — спросил Костя, успев погрузиться в размышления, брать или не брать в Африку тётино лото.

— А она блеет. Скоро сами услышите... А сейчас давайте в прятки сыграем?

— Давайте, — сказал Костя.

И Костя стал водить, а Маня, Катя и Нинка побежали прятаться.

Вдруг во дворе послышалось громкое козлиное блеянье. Это Манечка прибежала домой и заблеяла с балкона:

— Бе-е-е... Ме-е-е...

Нинка от удивления вылезла из ямки за кустами.

— Костя! Послушай!

— Ну да, блеет, — сказал Костя. — Я же говорил...

А Маня бекнула последний раз и побежала выручаться.

Теперь водила Нинка.

На этот раз Катя с Манечкой уже вдвоём побежали домой и стали блеять с балкона. А потом спустились и как ни в чём не бывало побежали выручаться.

— Послушайте, у вас и вправду коза поселилась? — сказал Костя. — Что же вы раньше скрывали?

— Она не настоящая, не настоящая! — закричала Нинка. — Она у них заводная!

— Вот ещё, заводная! Да она у нас книжки читает, считает до десяти и даже по-человечьи умеет разговаривать. Вот мы пойдём её попросим, а вы тут стойте, слушайте.

Катя с Маней прибежали домой, присели за балконной решёткой и в один голос заблеяли:

— Ма-а-ма! Ма-а-ма!

— Ну как? — высунулась Катя. — Нравится?

— Подумаешь, — сказала Нинка. — «Мама» каждый дурак может сказать. Пусть стишок какой-нибудь прочтёт.

— Сейчас попрошу, — сказала Маня, присела на корточки и на весь двор закричала:

Наша Таня громко плачет:
Уронила в речку мячик.
— Тише, Танечка, не плачь:
Не утонет в речке мяч.

Старушки на лавочках недоуменно завертели головами, а дворник Сима, которая в это время старательно подметала двор, насторожилась и подняла голову.

— Ну как, правда, здорово? — сказала Катя.

— Потрясающе! — скорчила хитрую рожу Нинка. — Но только я ничего не слышу. Попроси, чтобы ваша коза погромче стихи читала.

Тут Манечка как заорёт благим матом. А поскольку у Мани голосок был что надо, и когда Маня старалась, то могла реветь так, что стены тряслись, то неудивительно, что после стишка про плаксивую Танечку из всех окон с возмущением стали высовываться людские головы, а Матвей Семёнычева Альфа, которая в это время бегала во дворе, оглушительно залаяла.

А уж дворник Сима... О ней и говорить не приходится! У неё и так с детьми Сковородкиными отношения были не из лучших. Они Симе до смерти осточертели своими выходками.

Поэтому, услышав нечеловеческие вопли с балкона восемнадцатой квартиры, Сима прямо со своей метлой бросилась в подъезд и стала колотить кулаками в дверь восемнадцатой квартиры.

А враждейшая Нинка, довольная, что ей так хорошо удалось проучить Сковородок, проводив взглядом разгневанную Симу, как ни в чём не бывало сладенько сказала:

— Молодец ваша коза! Отлично стихи читает! А сейчас я ей кое-что прочту.

И, приплясывая и высовывая язык, но не забывая при этом поправлять на голове голубой капроновый бантик, хитрая, вредная Нинка очень противно запищала:

Обманули дурака
На четыре кулака!
Обманули дурака
На четыре кулака!

А потом сказала Косте:

— Вот видишь, я же тебе говорила, зачем ты с ними дружишь, с такими Сковородками? Я бы лично с ними ни за что не дружила! Просто даже смешно, какие они глупые! Думают, я в их козу так и поверила.

Не обязательно ловить крокодилов

Однажды Катя с Маней долго ждали воскресенья. Они были уверены, что в воскресенье непременно должно случиться что-то интересное и замечательное.

Но ничего интересного и замечательного в воскресенье не случилось.

С утра шёл дождь.

Валентин Борисович отправился в шахматный клуб, а Вероника Владимировна — к тёте Лене Кулебякиной дострочить на машинке платье.

— Я ухожу. Катя, смотри не обижай Маню. Не забудьте убрать постели, вымыть посуду, а также пол на кухне.

65

— Мама, но ведь сегодня воскресенье!

— В воскресенье тоже надо посуду мыть, — сказала Вероника Владимировна, взяла зонтик и ушла. А Катя и Маня мрачно уставились друг на друга.

— Вот тебе и воскресенье! — сказала Катя. — Замечательно интересно — постели стели да посуду мой! Я тарелки эти гадкие возьму и все перебью. Пусть знают, как в воскресенье уходить и нас одних оставлять!

— А я постели с балкона выкину! А пол нарочно грязными ботинками затопчу! Надоела мне такая жизнь! Только постели мой да полы стели!..

— Нет, надо что-то интересное придумать, — сказала Катя.

— А что?

— Садись и думай.

Катя с Маней сели на постель и стали думать.

Маня сильно наморщила лоб и уставилась на подоконник, где стояли игрушечные заводные часы и кактус. А Катя сдвинула рыжие брови и подёргала себя за косичку.

— Придумала! — закричала Манечка. — Мы спечём пирог и его съедим!

— Ну вот! Чего ещё от тебя дождёшься?!

— Тогда пойдём во двор. Там вчера Нинка рубль нашла.

— Подумаешь, рубль! Это неинтересно. Надо с Костей посоветоваться. Костя сразу интересное дело придумает.

Решено — сделано. Сёстры побежали во двор.

— Так, — сказал Костя. — Не вертитесь и не трещите, как сороки. Дайте сосредоточиться...

Костя сделал важное выражение лица, положил руку на лоб...

— Всё ясно, — сказал он. — Мы втроём залезем в вулкан.

— И я с вами! И я с вами! — закричала Нинка Кукушкина.

— В вулкане здорово, — сказал Костя. — Я в журнале «Знание — сила» про одного учёного-вулканолога читал, как он в действующий вулкан лазил. Он туда залез, а обратно не вылез. Его камнем убило.

— Ой, мы в вулкан не хотим! — испугались Катя с Маней.

А Нинка сказала:

— И я не хочу. Я не люблю, чтобы камни извергались.

— Ну, тогда можно кругосветное путешествие на плоту совершить, — сказал Костя. — Я в журнале «Техника — молодёжи» читал, как один англичанин на плоту три года вокруг Земли плавал.

— Целых три года? — поразилась Катя. — А кто за нас в школу пойдёт?

— Да в океане в сто раз лучше, чем в школе! — обиделся Костя. — Купайся, под солнышком жарься!.. А пить захочешь — бери рыбу, выжимай и пей на здоровье!

— Я однажды выжимала, — сказала Нина. — Только не рыбу, а сливу. Она сладкая была.

— Не хотим мы рыбу выжимать! — возмутились Катя с Маней. — Что она, мочалка, что ли? Не поедем мы на плоту. Другое что-нибудь придумай.

— Не хотите — как хотите. Давайте тогда на морское дно в батискафе спустимся. Или нет, в космос полетим.

— В космос детей не берут, — сказала Нинка. — Собак берут, а детей нет.

— А мы незаметно прокрадёмся.

— А нас в ракете увидят.

— А мы под стол спрячемся.

— Нет, под стол не выйдет, — сказал Костя. — Как станем невесомыми, сразу из-под стола вылетим. Тут нас все и увидят. Знаете что, можно в пещеру залезть. Это тоже интересно. Там мыши летучие летают. Вода со стенок капает. Сталактиты царапаются.

— Какие ещё сталактиты? — ахнула Манечка.

— Ничего не знает! — сказала Нинка. — Ну длинные такие! Вниз головой с потолка свешиваются!

— Не хочу сталактиты, — захныкала Маня. — Я их боюсь. Лучше в нашем дворе что-нибудь совершить.

— Давайте баобаб посадим! — оживился Костя. — Если в нашем дворе один баобаб посадить, из него целый лес баобабов получится! Все нас за зелень и насаждения хвалить станут.

— Да ведь баобабы в Африке растут, — сказала Нинка.

— А мы за саженцами туда съездим. Кстати, моих родителей повидаем и наловим крокодилов для Московского зоопарка.

— Кость, а нельзя кого-нибудь поймать, чтобы не кусался?

— Чтобы не кусался — это неинтересно, — сказал Костя. — Что же тут замечательного?

— Ко-о-стя! — разнеслось по двору. — Ко-остя, иди домой!

— Тётя зовёт, — сказал Костя. — Сейчас в булочную бежать заставит. Ну, иду, иду, тётя Глаша, чего кричите?

Костя встал и направился к подъезду. За ним ушла Нинка. Катя с Маней остались одни.

— Кать, скоро мама придёт, а у нас ещё постели не убраны, — сказала Манечка. — Пойдём уберём, а то она ругаться будет.

— Ладно уж, пошли, — недовольно сказала Катя. — Надо ещё посуду вымыть и пол этот дурацкий…

— А я люблю мыть пол, — вдруг сказала Манечка. — Он хоть не царапается. И вниз головой не свешивается. И никуда в темноте лезть не надо с мышами. Его вымоешь — он чистый будет, и на нём можно сидеть с Мышкиным и книжки читать.

Они пошли домой. А через час вернулась Вероника Владимировна. Она была какая-то мокрая, недовольная и усталая.

— Ну, что, на кухне, конечно, грязи по горло? И пол как в зоопарке? — ещё из прихожей крикнула она.

Вероника Владимировна устало сняла туфли, надела тапочки, хмуро вошла в кухню… и остановилась потрясённая! Посуда была вымыта. Пол — тоже.

— Ну уж постели наверняка не застелили!

Но нет, и постели были аккуратно застелены. И даже Зюзя и Бобик не валялись на полу, а чинно сидели на своих стульях

вокруг обеденного игрушечного стола вместе с коровой Маришей, крокодилом Геной и жёлтыми зайцами.

Глаза у Вероники Владимировны вдруг из зелёных в точечку стали светло-коричневые, как осенние листья в лесу, и засветились мягким золотистым светом.

69

— Боже мой, что делается! — воскликнула она. — Дети мои, что с вами? Я вас не узнаю. Может, всё это папа сделал?

— Папа ещё не вернулся. Мы сами всё убрали.

— Милые мои! Вот это сюрприз! Да я совершенно уверена была, что вы всё перезабудете! Ах вы мои кисоньки! Ах вы мои зайчики!

— Мама, ты так обрадовалась, как будто мы тебе крокодила из Африки привезли! Или баобаб на окне посадили. Подумаешь, что тут такого — пол вымыли?

— Да мне этот крокодил с баобабом и даром не нужны! Я и пол, сказать по совести, в одну секунду сама бы вымыла. Разве в этом дело?..

— А в чём?

— Не скажу! Сами думайте!

Вероника Владимировна надела свой жёлтый махровый халат, который так ей шёл, распустила пушистые рыжеватые волосы, надела поверх халата фартучек в мелкую синюю клеточку, напекла целое блюдо блинов и наварила целую кастрюлю компота.

И весь остальной день она была такая добрая, весёлая и красивая… Шутила с дочками, дурачилась и рисовала для них зелёных мартышек, лиловых кроликов и очень страшную, но вполне симпатичную Бабу-ягу на помеле, в большой бархатной шляпе, в модной рыжей дублёнке и с Мышкиным в руках…

А потом пришёл папа. И они все вместе вышли погулять перед сном.

Просто прошлись по улице, взявшись за руки. Все вчетвером. Хорошо, что прохожих на улице не было и они могли вчетвером идти по улице и болтать о том о сём, о пятом, о десятом.

Про всякую всячину. Про новое мамино платье. Про папиного начальника. Про хорошего Костю Палкина. Про вредную Нинку Кукушкину. Про Мышкина…

И это было так замечательно!

Так интересно!

Идти вчетвером, взявшись за руки, и разговаривать.

И не надо в вулкан залезать.

И в батискаф садиться.

И крокодилов ловить для Московского зоопарка…

А просто идти с мамой и папой. За руки держаться. По сторонам глядеть. Смеяться. И болтать обо всём на свете.

День рождения Бобика

Однажды Катя и Маня решили устроить день рождения Бобика. Это у них игрушка была такая. Собачка с оторванным хвостом и одним глазом.

Они испекли для Бобика торт. Положили в этот торт много всякой начинки – кусочки колбасы, ветчины, покрошили сосиску. Торт получился на славу.

Они поставили торт на стол, посадили за стол Бобика и стали читать ему поздравительные стихи, которые специально для него сочинила Катя:

Милый Бобик, дорогой,
Поздравляем мы тебя,
Потому что ты хороший,
Хоть с оторванным хвостом.

Ты пойдёшь учиться скоро,
Прямо в школу в первый класс.
Там, где учатся собачки,
Не пускают в школу нас.

Ты смотри учись отлично,
На четвёрку и на пять,
А то мы тебя не будем
С днём рожденья поздравлять!

Катя и Манечка с большим выражением прочли Бобику эти стихи.

Стихи Бобику очень понравились. Бобик долго хлопал в ладоши, то есть за него хлопала Манечка. А потом Бобик встал и попросил разрешения тоже прочесть свои стихи. То есть за него разрешения попросила Катя, и она за Бобика стала читать:

Гав-гав-гав!
Гав-гав-гав!
У меня хороший нрав.
Я весёлый пёсик Бобик,
Всех я вас целую в лобик!

После этого Бобик сел за стол и набросился на торт.

Наброситься-то он набросился, но только торт как был целый, так и остался. Потому что Бобик был матерчатый и по-настоящему есть не умел.

Тогда Катя и Маня пригласили к нему в гости на день рождения кота Мышкина. Мышкин сразу беззастенчиво влез на стол и сожрал полторта. Остальную половину он утащил под стул и там принялся, урча, доедать. Он оказался очень невоспитанный гость. И Маня с Катей тут же сочинили про него стихи:

Кто с ногами влез на стол?
После кинул торт на пол?
Это очень глупый Мышкин,
Зря он в гости к нам пришёл!

Они прочли эти стихи Мышкину, и Мышкин ужасно обиделся.
— Ах так? — сказал Мышкин. — Ну ладно, я про вас тоже сочиню стихи! Будете знать, как меня ругать!

Глупые девчонки!
Есть люблю я колбасу,
Всякие печёнки.

Ну а тортик ваш плохой,
Гадкий и ужасный!
Это просто у меня
Аппетит прекрасный!

И он сел на стул и принялся облизываться как ни в чём не бывало.
— Ну и нахал! — обиделся Бобик. — Съел чужой торт, да ещё и обругал всех! Все коты такие нахалы! За это я его сейчас разорву на куски!
Бобик страшно залаял и бросился на Мышкина. А Мышкин выгнул спину и зашипел. А Бобик на него сел верхом. А Мышкин его скинул. А Бобик заплакал и сказал:
— Он мне испортил весь день рождения.

— Ничего, не огорчайся! — сказали Катя с Манечкой. — Мы тебе завтра устроим новый! А Мышкину этому противному ничего не устроим!

— Ну и не надо! — сказал Мышкин и, задрав хвост трубой, удалился.

Он пошёл в кухню и нажаловался маме, и мама пришла и велела Кате и Мане немедленно ложиться спать.

Вот так и кончился день рождения Бобика.

Самый лучший шахматист

Катя и Манечка очень любили по вечерам сидеть с ногами на тахте и листать старые папины шахматные журналы.

Ни та, ни другая ничего в шахматах не понимали.

Как ни бился с ними Валентин Борисович, как ни старался научить их играть в шахматы, ничего не выходило. Катя начинала ни с того ни с сего сочинять стихи, а Манечка зевала, вынимала из кармана куклу Зюзю, сажала её на шахматную доску и просила папу поиграть с ней, потому что у неё, у Манечки, срочное дело: она хочет позвонить по телефону Нинке Кукушкиной и сказать ей, что у неё в копилке уже не сто одна

76

копеечка, а сто три. И что ей подарили две новые открытки с видами Москвы и теперь у неё уже не сорок две открытки, а сорок четыре.

Прошло немало времени, прежде чем папа убедился в тщетности попыток привить дочерям любовь к шахматам и воспитать их вторыми Наной Александрия и Майей Чибурданидзе.

Да, в шахматы Катя и Маня играть так и не научились, но зато пристрастились с большим интересом рассматривать шахматные журналы, которые валялись и пылились в детской под диваном и которых за много лет накопилась целая куча.

Валентин Борисович как-то собрал эти журналы, чтобы их выкинуть, но Маня не дала, утащила в детскую и запихала под диван.

И вот теперь почти каждый вечер Катя и Маня листали старые журналы и разглядывали фотографии шахматистов.

Манечке нравились шахматисты с густыми чёрными бровями и длинными носами. А Кате нравились шахматисты лысые и обязательно в галстуках.

– Вот этот шахматист хороший, – говорила Катя. – Он лысый, и у него красивый галстук, как у нашего папы.

– Нет, он на папу не похож! Вот этот шахматист лучше! У него брови чёрные и нос длинный. Совсем как у нашего папы!

– А вот этот шахматист плохой. На нашего папу не похож.

– И эта тётенька тоже на нашего папу не похожа. Она тоже плохая шахматистка!

Так Катя и Маня переговаривались, когда смотрели журналы. И вдруг однажды Маня сказала Кате:

– Погляди, Кать, какого я замечательного шахматиста нашла! По-моему, он самый лучший!

Катя поглядела...

На фотографии была целая куча улыбающихся шахматистов. А сбоку, совсем с краю, был тот шахматист, на которого показывала Манечка. Его было почти не видно. В этом месте фотография была смазана. Да к тому же, в отличие от других, этот шахматист не улыбался, а был довольно-таки хмурый.

Кате, однако, этот шахматист тоже сразу очень понравился. У него были чёрные брови, длинный нос, большая красивая лысина и съехавший набок полосатый галстук. Он очень походил на Валентина Борисовича! Удивительно был похож!

Катя с Маней побежали с журналом в комнату к родителям.

— Папа, папа, вот ты говоришь, что Анатолий Карпов самый лучший шахматист! Но это не так, папа! Самый лучший шахматист вот этот! Он нам очень нравится! Он, наверно, мастер спорта. Или гроссмейстер. Замечательный шахматист!

Папа посмотрел на фото и кисло улыбнулся.

— А-а, этот? — сказал он. — Да нет, этот так себе... Бывают шахматисты и получше.

— Нет, не бывают! — в один голос сказали Катя с Маней. — Он самый лучший! Мама, посмотри, правда, этот шахматист самый лучший?

Мама взглянула на фото и засмеялась:

— Да это же ваш папа! Родного отца не узнали?

А Валентин Борисович нахмурился, как на фотографии, и сказал:

— Это нас после турнира снимали. Мне этот турнир вспоминать неприятно. Я на нём последнее место занял.

День защиты природы

— Ну, что новенького пишут? — сказала Катя Косте Палкину, когда Костя Палкин с газетой в руках вышел во двор.

Костя всегда выходил во двор с газетой. Несмотря на свой сравнительно ещё небольшой возраст, он очень любил читать газеты. И тут же рассказывал их содержание Кате и Мане.

— Да вот, про защиту природы пишут, — сказал Костя. — Сейчас все лучшие люди природу защищают. А плохие люди природу портят. Деревья ломают, леса не берегут, реки засоряют. Если так дальше дело пойдёт, никакой природы не останется!

— А почему мы природу не защищаем? — сказала Катя. — Давайте тоже природу защищать!

— Давайте! Давайте! — закричала Манечка. — Чур, я первая!

— А где же мы её будем защищать? — сказал Костя. — Во дворе, что ли?

— А что, у нас во дворе природы нет? — сказала Катя. — Ещё как есть! Давайте объявим день защиты природы в нашем дворе!

И они так и порешили. Объявить день защиты природы в их дворе. Они вышли во двор пораньше и стали сторожить, чтобы никто по газонам не бегал.

Но никто и не бегал.

Ещё они сторожили, чтобы деревья не ломали.

Но никто не ломал.

— А вдруг кто-нибудь будет цветы на клумбе рвать? — сказала Катя. — Надо смотреть в оба.

Смотрели, смотрели... Вдруг какая-то маленькая собачка как прыгнет в клумбу! И принялась цветы нюхать.

— Брысь! — замахали руками Катя с Маней. — Вон из клумбы!

А собачка на них поглядела, хвостиком помахала и давай снова цветы нюхать!

— Не нюхай! — кричат Катя с Маней. — Уйди с клумбы! Сломаешь цветы!

А собачка на них поглядела и принялась какую-то травинку жевать.

— Плюнь! Ты зачем природу портишь? — кричат Катя с Маней и бегают вокруг клумбы, хотят собачку прогнать.

А собачка стоит себе в клумбе и уже другую травинку жуёт, на Катю с Манечкой никакого внимания не обращает.

Тогда Катя с Маней не выдержали и в клумбу полезли. Манечка хотела собачку схватить, да растянулась, шлёпнулась прямо на георгины, два георгина сломала. Собачка убежала, а из окна дворник тётя Сима кричит:

— Эй, опять на клумбу полезли?! Опять хулиганите?! Я вам покажу, как цветы ломать!

Вот тебе и день защиты природы!

— Ничего, — сказал Костя Палкин. — Вы не огорчайтесь. Животные — это тоже природа. Давайте защищать животных в нашем дворе.

— Давайте! — обрадовалась Катя.

— Давайте! Давайте! — закричала Манечка. — Давайте нашего Мышкина будем защищать!

— Вашего Мышкина никто не обижает, — сказал Костя. — А надо проверить, вдруг в нашем дворе к животным кто-нибудь плохо относится?

— А как же мы проверим? — сказала Катя.

— Надо ходить по квартирам, — сказал Костя. — Вы идите в этот подъезд. А я пойду в тот. И если вы увидите, что кто-нибудь бьёт животных, или не кормит, или ещё как-нибудь обижает, то мы тогда напишем письмо в журнал «Друг природы».

— Правильно, — сказала Катя. — Пошли, Мань.

И они стали звонить подряд во все квартиры, заходить и спрашивать:

— Скажите, пожалуйста, у вас есть какие-нибудь животные?

— Есть, — сказали в пятой квартире. — У нас канарейка, а что?

— А вы её кормите? — сказали Катя с Маней.

— Конечно.

— А вы её не бьёте?

— Ещё чего?! Кто же это канареек бьёт? Тоже скажете!

— А вы с ней гулять ходите?

— Ну конечно, мы её на цепочке водим, — засмеялись в пятой квартире. — Видно, вам, девочки, делать нечего — вы тут всякие глупые вопросы задаёте!

— Ничего подобного! Просто мы животных защищаем! Если вы вашу канарейку обидите, мы возьмём и про вас письмо напишем в журнал «Друг природы»!

— Да что вы привязались? Не думаем мы канарейку обижать! Откуда вы только взялись на нашу голову!

В тринадцатой квартире им открыл какой-то большой мальчишка, на вид пятиклассник. Оказалось, что в этой квартире живёт кошка с котятами.

— Ты свою кошку кормишь? — спросили Катя с Маней у пятиклассника.

— А что?

— Как что? Кормишь ты свою кошку, мы спрашиваем?

— А вам какое дело!

— Очень даже большое! Кошек надо кормить, понятно? И котят тоже.

— Неужели? — удивился пятиклассник. — А я и не знал! Спасибо, что сказали!

— На здоровье! А ты их не бьёшь?

— Кого?

— Котят с кошкой.

— Бью. Палкой. С утра пораньше, — сказал пятиклассник и вытолкал Катю с Маней за дверь.

— Дурак, — сказала Манечка. — Подумаешь какой! А ещё в очках...

В тридцать первой квартире за дверью жалобно скулила собака, но хозяева не открывали.

— Дома никого нету, — сказала Катя. — Бедная собачка! Она, наверно, голодная! Надо будет сюда снова прийти, покормить её...

...В сороковой квартире жила немецкая овчарка. Когда Кате и Манечке открыли дверь, она выскочила на площадку и принялась обнюхивать их.

82

— Ай! – испугалась Манечка. – Уберите её, пожалуйста, а то она укусится!

— Вам чего, девочки?

— Ничего, спасибо, мы дверью ошиблись!.. А скажите, пожалуйста, вы вашу собаку не обижаете?

— Зачем же её обижать? Она у нас умная, две медали имеет.

— Большое спасибо.

— Ну как? – сказал Костя Палкин, когда они вышли из подъездов и встретились во дворе. – Кого-нибудь защитили?

— Нет, – сказали Катя и Манечка. – Надо в другой подъезд пойти.

— И я никого, – сказал Костя. – Не повезло что-то... может, завтра повезёт!

— Ка-а-тя! Ма-а-нечка! – позвала из окна Вероника Владимировна. – Идите домой!..

— Где вы были? Я уже целый час кричу! – сердито сказала она, когда дочки вернулись. – Стоит вам выйти на улицу, как вы сразу голову теряете. Все свои обязанности тут же забываете! Готовы с утра до вечера гулять, а хомяки ваши бедные голодные сидят. И клетка у них грязная! И рыбкам давно воду поменять надо!.. А за песком для Мышкина опять мне бежать? Три дня вас уже прошу – допроситься не могу!!! Неужели вам животных не жалко! Безжалостные какие дети!

Лежебоки и сплюшки

Однажды, когда Катя и Манечка легли спать, Маня долго ворочалась в постели, а потом спросила:

— Кать, а Кать, вот скажи: кто на боку спит, те называются ЛЕЖЕБОКИ. А кто спит на спине, как называются?

— СПИШКИ, — сказала Катя, долго не раздумывая. — Нет, впрочем, они называются СПЯШКИ... Нет-нет, не СПЯШКИ, а СПЛЮШКИ. Точно. СПЛЮШКИ! Те, кто спят на спине, называются СПЛЮШКИ, поняла?

— Поняла! — обрадовалась Манечка. — А помнишь, Кать, мы по телевизору такого дедушку видели Сплюшкина? (Это Манечка ошиблась немножко. По телевизору Катя с Манечкой видели спектакль по повести Гоголя «Мёртвые души», и один из героев его был старик Плюшкин.)

84

— Какого ещё дедушку Сплюшкина? — не сразу поняла Катя.

— Ну дедушка такой. Грязный весь. Сплюшкин фамилия. Он, наверно, тоже на спине спал, да, Кать?

— Конечно! — сказала Катя. — Помнишь, какой этот Сплюшкин жадный был? А все, кто жадные, спят на спине.

— А я не жадная! Я не жадная! — сразу закричала Манечка. — Я не на спине сплю!

— На спине! Всегда на спине!

— Нет, на боку!

— На спине!

— Я не сплю на спине-е-е! — заревела Маня. — Я не жадная-а-а!

— А вот мы сегодня заснём и проверим!

— Как же мы проверим, если заснём?

— Ты заснёшь, а я проснусь и проверю.

— А я возьму и не засну! Хитренькая какая!

Манечка немного похлюпала носом, помолчала, а потом снова спросила:

— Кать, а Кать, а почему таких жадных СПЛЮШКАМИ зовут?

— А потому, что они от жадности сплющиваются! — страшным голосом сказала Катя.

— Чего?!! — задрожала Манечка. — А почему они сплющиваются?

— Потому что им сны тяжёлые снятся... Как приснятся! Как навалятся!.. Вот они и сплющиваются.

Тут Манечка не выдержала и заревела от страха в полный голос.

— А-а-а... Ты всё врё-ё-ёшь! Нету никаких СПЛЮШКИНЫ-Ы-ЫХ!

— Как это нет? А ты разве не помнишь, как по телевизору у жадного дедушки СПЛЮШКИНА муха в рюмке сидела, а он этой мухой хотел вместо варенья гостей угостить. Вот до чего жадный был! Как ты!

— А-а-а... У-у-у... Я не угощаю гостей му-у-ухами!

— Потому что к тебе гости не ходят! А ходили бы, ты их тараканами бы угостила. Я тебя знаю! Я вот у тебя сколько цветные карандаши просила, ты мне дала?.. А ластик?.. Да ты своим ластиком скорей подавишься! Настоящий ты Сплюшкин, вот ты кто!

— А-а-а! — ещё громче заревела Манечка. — Ма-а-ма! А Катька дра-а-знится!

В комнату вбежала испуганная Вероника Владимировна:

— Что такое? Что здесь происходит? Вы почему не спите? Весь дом перебудили, глупые дети!

— А Катища дразнится, что я Сплюшкин! Сама она Сплюшкин.

— Катя, ты опять за своё?!!

— Да-а-а, а почему Манька мне цветные карандаши не даёт? Ей подарили, значит, она их прятать должна?

— Немедленно спать! Завтра про карандаши поговорите! Устроили шум на весь дом из-за пустяка! Что за дети ненормальные!

Мама ушла, а Манечка лежала и хлюпала в темноте носом.

Катя заснула, а Маня заснуть боялась. Когда она закрывала глаза, ей виделись какие-то огромные сплющенные катушки и карандаши. Они катились, катились... И Мане казалось, что они сейчас навалятся на неё и сплющат.

Тогда она тихонько встала, вынула из своего ящика коробку цветных карандашей, погладила в темноте по гладкой голубой крышечке, тяжело вздохнула, подошла к сестре и положила карандаши перед Катей, на стул, где висела Катина одежда.

После этого Маня снова легла в кровать и на этот раз спокойно заснула. Ей приснилось, как из-под кровати вылез маленький сморщенный старичок СПЛЮШКИН и стал рисовать на стуле цветными карандашами.

«Отдай! — захотела крикнуть ему Маня. — Не твои, и не трогай!»

Но прикусила язык и ничего не сказала.

Как Манечка и Катя играли в больницу

Катя с Манечкой часто болели. Но не потому вовсе, что они были чахлые и слабые дети. Наоборот, они были дети совершенно здоровые. Просто Катя с Манечкой во всём друг другу подражали...

Сейчас объясню. Стоило, например, Кате слегка простудиться, как Манечка тут же выскакивала раздетая на балкон (конечно, чтобы мама с папой не видели!) и после этого тоже начинала сморкаться. И кроме того, заявляла, что у неё заболело горло.

Тогда Катя высовывала шею в форточку (тоже, разумеется, чтобы родители не заметили!), и у неё, конечно, тут же заболевало горло.

Она с удовольствием полоскала горло кошмарной жидкостью (мама разводила в воде соду и йод), от которой у нормальных людей глаза на лоб лезут, а потом торжественно объявляла всем, что у неё стреляет в левом ухе да к тому же колет в правом.

Тогда у Манечки тут же начинал болеть живот. Манечка просто места себе не находит, ложится на тахту и требует пирожок с повидлом.

Пирожок Мане не дают, а заставляют выпить горькой соли. Маня морщится и пьёт. Она чувствует себя героем. Ведь пить горькую соль могут только самые храбрые люди. Она с победой смотрит на Катю: «А ты бы, Катька, ни за что не выпила!»

Катя требует горькой соли, но ей не дают. Тогда она заявляет, что у неё тоже болит живот, пытается отнять силой у Мани чашку с разведённым лекарством, чашка падает на пол и разбивается.

Выведенная из терпения мама начинает подозревать неладное. Она собирает в ванной осколки чашки и говорит, что если у её дочерей болит живот, то она сейчас вызовет «скорую помощь» и увезёт их в больницу, где дети будут целый день лежать в постелях и их станут колоть лекарствами.

— Меня, меня пусть везут! — кричит Катя. — Манища притворяется!

— Меня, меня пусть везут! — кричит Манечка. — Это Катища притворяется!

Нет, вы видали таких странных детей?! Я лично таких больше не встречала. Но это ещё цветочки. Однажды у Кати с Маней такое происшествие случилось, что Манечка вообще чуть инвалидом не осталась. Вот как это было.

Как-то Манечка и Катя подрались из-за какой-то чепухи, и Маня так стукнула по шее Катю, что тощая Катина шея совсем перестала вертеться.

Вы не удивляйтесь! Кулаки у Манечки были железные. Ей можно было вполне по телевизору на ринге в тяжёлом весе выступать! Представляю, как Маня бы в боксёрских перчатках выглядела! Да боксёры от одного страха бы разбежались!

Ну так вот… Шею Катя ни вправо, ни влево повернуть не может, только прямо держит. Совсем как Бобик. (Катин Бобик важный и строгий. Он носит очки и всё время боится, чтобы их с носа не уронить. Поэтому никогда головой по сторонам не вертит.)

Повели Катю в поликлинику, доктор Роза Макаровна помазала чем-то Катину шею, обложила её ватой, перевязала бинтом и сказала, что с шеями баловаться нельзя, шеи беречь нужно.

Катина шея стала очень красивая. Вся белая, как воротник, и толстая, как столб. Все на Катю смотрели и спрашивали: «Девочка, что с тобой? Что с твоей шеей случилось?»

И Манечку сразу взяли завидки. Манечка ужасно была завистливая. Она стала упрашивать Катю, чтобы Катя её тоже стукнула по шее.

— Я, — говорит Маня, — отвернусь, а ты меня стукни. Но только не нарочно, а случайно! И смотри, чтобы не больно было!

Катя Манечку стукнула, а Манечка как заревёт!

— Ты, — говорит, — нарочно дерёшься!

Привыкла она реветь, понимаете? А у самой шея, как миленькая, вертится, и не больно ей ничуть!

И снова она к Кате пристала, чтобы Катя её посильнее стукнула по шее. И чтобы опять не нарочно, а случайно.

Катя говорит:

— Не буду! Сама себя бей, я с тобой связываться не хочу. Опять будешь реветь. Ты ведь сильней меня. Сразу себе всю шею отшибёшь.

Манечка себя по шее стукнула, но у неё ничего не получилось, и она заревела: уж очень ей хотелось, чтобы у неё шея, как у Кати, забинтованная и красивая была!

Тогда Катя сказала:

— Ладно, не реви. Я вот что придумала. Давай играть в больницу. Как будто у тебя шея взаправду болит, а я доктор Роза Макаровна и буду твою шею лечить.

Маня согласилась, и сёстры стали играть в больницу.

Замечательно играли! Катя взяла йод и намазала Мане шею йодом. Потом взяла зубную пасту и поверх йода намазала зубной пастой. А потом обложила шею ватой и завязала белой маминой шерстяной косынкой.

Манечка очень была довольна. И они с Катей отправились гулять.

На них все глядели. Все спрашивали:

— Что с вами, девочки? Что случилось? Почему у вас такие шеи? Вы, наверно, заболели? И зачем вы ходите? Вам в постелях лежать нужно!

На это Катя с Маней отвечали, что ничего!.. Ничего, мол, страшного! Просто у нас шеи не вертятся и никогда уже вертеться не будут. Но это пустяки. Не волнуйтесь, пожалуйста! Не беспокойтесь! Нам, конечно, очень больно, но ведь надо же терпеть, раз такое дело!

И все говорили:

— Ну надо же, какие мужественные дети! Им больно, а они терпят! Да с таких девочек всем мальчикам надо брать пример!

А знакомые дети просили разрешения потрогать шеи пальцами, но сёстры не разрешали. Если все будут шеи пальцами трогать, то от шей ничего не останется! Только Косте Палкину разрешили потрогать, потому что он их в Африку обещал взять.

И Катя с Манечкой были очень довольны. До самого вечера.

А вечером Маня сказала, что у неё шея почему-то очень сильно щиплется. И даже стала немножко охать, но платок не сняла.

Потом она стала охать всё сильнее и ужасно морщиться, но платок ни за что не хотела снять, так ей нравилось, что все ей сочувствовали, говорили: «Бедная девочка! Вы поглядите на неё! Она просто стонет от боли, но в постель всё равно не ложится!»

А потом приехала мама. И как стала Маню ругать:

— Ну вот, и эта вырядилась! Так я и знала! Хватит обезьянничать! Это не ребёнок, а какой-то попугай! Всё у сестры перенимает!

И заставила Маню платок снять.

И вдруг все видят – у Мани шея красная-красная! Как огонь горит! Пылает прямо вся!

Она у неё, оказывается, и в самом деле жутко болела, а Манечка терпела.

Пришлось Маню тоже везти в детскую поликлинику.

Она потом целых две недели с забинтованной шеей ходила. Всё хвалилась, что весь год так будет ходить.

Как все сочиняли стихи и что из этого вышло

Однажды Катя, Маня и соседский Серёжа сидели на даче на крылечке и смотрели, как за изгородью, за деревьями черёмухи, за частыми кустами таволги, поблёскивало, играло на солнце яркой серебряной рябью озеро.

— Как красиво! — сказала Катя и почему-то грустно вздохнула. — Прямо так красиво... что прямо... ну, прямо смеяться хочется... Правда, Мань?

— Ага, — сказала Манечка.

Она подпирала кулаком круглую щёку, голову склонила набок, глядела на озеро, и глаза у неё были круглые и тоже грустные, а нос — обгоревший, в маленьких белых лохмотьях поверх кусочков розовой кожи.

— Ага, смеяться хочется... Ну, прямо так весело!.. Но вообще-то почему-то больше хочется плакать. Сама не пойму почему?.. — И Манечка, как и Катя, длинно и прерывисто вздохнула.

— И мне почему-то тоже, — созналась Катя, — непонятно, так красиво, а хочется плакать...

— И мине хотица, — сказал соседский Серёжа, поднял толстую ногу в красном резиновом сапоге и стукнул по крыльцу пяткой — убил комара.

— А ещё мне знаешь чего хочется, Мань? Сочинить стихи, чтобы так же красиво было, — сказала Катя.

— А давай вместе сочиним? — оживилась Манечка.

Соседский Серёжа в белой панаме и в синих трусах в белый горошек важно сказал:

— Я тозэ ситиню стихи. Мне тозэ класиво.

— Ты, Кать, начни, а я дальше буду, — сказала Манечка и поправила на шее косынку.

— *Очень всё красиво!* —

мечтательно продекламировала Катя. —

Очень замечательно!
Там озеро всё красное,
Как будто оно горит.

Как будто дрова положили
В это красное-красное озеро
И как будто бы чиркнули спичкой,
И оно за кустами горит...

— А теперь я, — сказала Манечка.

Она выпрямилась, и глаза у неё стали вдруг блестящие и розовые, как будто закат заглянул и в них.

— ...Такое замечательное озеро.
Оно всё состоит из воды,
И всякие рыбы в нём плавают,
Как будто они из слюды.

— Эти рыбы сверкают, как свечки, —

продолжала Катя. —

В этот вечерний час,
А в небе гуляют розовые овечки,
И очень они радуют нас.

— И нам всем от этого хочется плакать, —

сказала Манечка. —

Потому что красиво так.
Но мы ни за что не заплачем...

Тут Манечка запнулась, с трудом подыскивая строчку...

— Потому что нас укусит рак, —

подсказала Катя.
— Да, — сказала Манечка. — Нас укусит рак. Не будем мы плакать. Правда, Серёж?
— Ни будим, — важно сказал Серёжа и снова топнул ногой. — Я тозэ стихи ситиню. Вот.
Серёжа встал, вытянул руку по направлению к озеру, топнул правой ногой и энергично произнёс, отчеканивая каждое слово:
— Ёдька... Ека... Вадя!.. Пивёть... Иба... Акуя...
— Чего? — удивились Катя и Манечка. — Чего-чего ты сказал?

— Ёдька... Ека... Вадя!.. Пивёть... Иба... Акуя... — снова сказал Серёжа.

— Мань, это он такие стихи сочинил! — догадалась Катя. — Лодка... Река... Вода... Плывёт... Рыба... Акула... Правильно, Серёж?

— Да! — Серёжа гордо мотнул головой. — Стихи. Я тозэ ситинил.

— А здорово! — удивилась Катя. — Такой маленький, а уже стихи сочиняет! А ну, Серёж, сочини чего-нибудь ещё. Дальше как будет, а? После акулы?..

Серёжа снова поднялся.

— Ёдька! Ека! Вадя!.. Пивёть! Иба! Акуя! — ещё громче продекламировал он, вытянув руку и топнув ногой.

— Во даёт! — сказали Катя с Манечкой. — Ну а дальше-то, дальше-то как? Другие теперь стихи сочини, понял?

Тут Серёжа опять как топнет ногой да как закричит на весь сад:

— Ёдька!!! Ека!!! Вадя!!! Пивёть!!! Иба!!! Акуя!!!

— Эй, Серёнька, ужинать пора, — заглянула в калитку тётя Валя, Серёжина мама. — А я-то думаю, куда мой малый запропастился? А он тут с барышнями сидит...

...Когда после ужина Серёжа вернулся и постучал в дверь террасы, там уже пили чай Катя, Маня и Валентин Борисович с Вероникой Владимировной.

— А, Сергей Сергеич пришёл! — обрадовался Валентин Борисович. — Проходите, Сергей Сергеич, гостем будете! Ну, что новенького? Как жизнь?..

Серёжа ничего не ответил.

Он подошёл к столу, взял из вазочки продолговатую ванильную баранку, вытянул руку с баранкой по направлению к озеру, топнул правой ногой и громко, выразительно прочитал свои стихи:

— Ёдька... Ека... Вадя... Пивёть... Иба... Акуя...

Новый год

Эх, всё было бы хорошо, если бы Катя и Манечка не заболели под самый Новый год! У них раздулись щёки, у Кати с правой стороны, у Мани — с левой, и папа позвал врача. Врач сказал, что это свинка, и велел положить детей в постель.

Катя и Маня лежали в постелях и хныкали: «Мы хотим Новый год справлять! Мы хотим Новый год справлять!» А в углу, возле их кроватей, стояла замечательная ёлочка, которую они сами вчера нарядили на свой вкус. Они повесили на неё катушки и пуговицы из железной маминой коробки с нитками, пуговицами и иголками. А ещё очень много маминых бус —

и блестящих и деревянных. И всякие мамины цепочки. И свои фломастеры, и зелёного крокодила из пенопласта, и большой Катин рисунок.

Под ёлку они посадили на пол Манину Зюзю и Катиного Бобика и собрались вместе с ними справлять под ёлкой Новый год. Но вот пожалуйста – свинка…

Мама сказала:

– Не расстраивайтесь! Всё равно Новый год приходит очень поздно и дети в это время спят. Тем более больные.

– А мы спать не будем! – сказали Маня с Катей.

– Да вас же гости испугаются! – сказала мама. – У вас щёки, как арбузы, раздулись.

– Ну и пусть испугаются! А мы всё равно будем справлять Новый год, – сказали Катя с Маней, и Манечка заплакала.

– Ладно, ёжики, – сказал папа. – Мы устроим для вас Новый год пораньше.

И мама, хотя ей было очень некогда и до прихода гостей надо было много чего ещё успеть, принесла в детскую складной кухонный столик и поставила на него всякие вкусные вещи.

– Ну вот, с Новым годом, ёжики! – сказал папа и сел за стол.

– С Новым годом! – сказала мама.

– Сначала надо Новый год встретить, а потом уже пить и есть. А то на нас Новый год обидится, – сказала Катя.

– Конечно, – сказала Манечка. – Мы должны его подождать. А то мы всё съедим, а ему ничего не останется.

– Он, ёжики, поздно придёт, – смутился папа. – Не стоит его ждать. Давайте поздравим друг друга и на боковую.

– Ну папочка, ну миленький, попроси его тогда, чтобы он пораньше пришёл!

– Попроси-и-и! Как же мы можем Новый год без Нового года встречать?

– Ну ладно, попрошу, – сказал папа. Пошёл к телефону, позвонил куда-то и говорит: – Здравствуйте, уважаемый Новый год! Очень вас прошу, зайдите, пожалуйста, срочно в квартиру восемнадцать. Вас очень ждут Катя и Маня Сковородкины. Буду вам весьма признателен. Всего доброго.

Не прошло и пяти минут, как вдруг кто-то позвонил в дверь.

— Новый год! — закричала Катя.

— Ура! — закричала Маня. — Пришёл! Пришёл! Ура!

Папа побежал в прихожую и громко сказал:

— Здравствуйте, Новый год! Добро пожаловать!

А потом из коридора донеслось какое-то шебаршение, и шорох, и какая-то возня, и смех, и вдруг в комнату вслед за папой вошёл дядя Петя, папин приятель из соседнего подъезда. И на дяде Пете был надет мамин жёлтый махровый халат, на голове — мамина лисья шапка, а на лице карнавальная маска с толстым красным носом, белыми бровями и большой бородой из блестящей ваты.

— Здравствуйте, дети! — сказал басом дядя Петя. — А вот и я! Узнаёте?

— Узнаём, — сказали Катя с Манечкой. — Здравствуйте, дядя Петя. А зачем вы мамин халат надели? И бороду эту?

— Как зачем? — удивился дядя Петя. — Потому что я Новый год! Я вам подарки принёс. Вот, держите! — И как выхватит из-под полы халата длинную красную саблю, а из кармана чёрный пистолет, и как станет палить из пистолета — пух! пух! пух! — и махать красной саблей!

— Спасибо, дядя Петя! — сразу повеселели Катя с Манечкой.

— Чур, моя сабля! — закричала Катя.

— Чур, мой пистолет! — закричала Маня.

— На здоровье, — сказал дядя Петя. — Вы у нас дамы отчаянные. Я знаю, вы давно об оружии мечтаете.

— Ах, Петя, что вы наделали! — сказала мама. — Теперь мне вообще сладу с ними не будет. Это же целое войско!

Дядя Петя ушёл, мама пошла на кухню готовить салат для гостей, а папа дал Мане и Кате по таблетке аспирина, обвязал им щёки ватой и бинтом, укрыл получше одеялом и вышел на цыпочках.

— Спите, ёжики! С Новым годом!

— А он всё-таки не пришёл, — сказала Катя Мане. — Сабля хорошая, а всё равно жалко.

— Они его без нас встретят, хитренькие!

— А давай мы будильник заведём и проснёмся!

— Мама будет ругаться.

— Она не заметит. Мы на него только одним глазком посмотрим и убежим!

Маню долго уговаривать не пришлось, и вскоре на столе перед Катей и Маней стоял будильник, заведённый на двенадцать часов, а Катя с Манечкой крепко спали. Но это только так говорится: «крепко спали». На самом деле Катя и Манечка спали вовсе не крепко, а очень беспокойно. У них стала к ночи быстро подниматься температура, и они от этого вертелись во сне, стонали и кряхтели. Им снились неприятные и беспокойные сны.

Мане приснилось, как будто её больно щиплет за щёку кукла Зюзя, приговаривая: «Ах ты Маня-тараканя! Ах ты Маня-тараканя!» А Кате приснился такой сон, что и рассказать страшно!

Вот она слышит на лестнице тяжёлые, медленные шаги. Дверь со скрипом открывается, и входит Новый год, но какой чудной, страшный! У него вместо лица огромный будильник с бородой, а вместо шапки — круглая крышка, как у будильников бывает, но только вся зелёная, как ёлка, и из неё торчат во все стороны ветки, а на ветках — сплошные пуговицы. А за спиной у Нового года мешок, а в нём плачут дядя Петя и Нинка Кукушкина. И Новый год очень страшно говорит:

«Где тут живут граждане Сковородкины Валентин Борисович и Вероника Владимировна? Я их в мешок посажу и унесу!»

«Не трогайте их! Мы не дадим!» — закричали Катя с Манечкой.

«Ах так! Ну, тогда я вас саблей зарублю и из пистолета застрелю!»

И Новый год как взмахнёт саблей и как затрещит будильником! Катя с Маней так и подскочили на постели!

— Маня! — закричала Катя. — Бежим маму с папой выручать! Там Новый год за ними пришёл, хочет в мешок их посадить.

— Ой! — испугалась Манечка, и сёстры соскочили с постелей и побежали в соседнюю комнату.

Вы не удивляйтесь, у них ведь температура высокая была, а в жару и не такое с человеком бывает. Один мой знакомый вообще вообразил в сильном жару, что стал муравьём и его съел муравьед, а вы говорите!

А в соседней комнате крики, шум ужасный!

— Опоздали! — кричит Катя. — Унёс! Унёс!

Они вбежали в комнату в пижамах и босиком. А там за столом гости разговаривают и смеются, а по телевизору музыка гремит и кто-то весело и громко кричит: «С Новым годом, товарищи! С новым счастьем!» И мама с папой, очень нарядные и весёлые, смеются и всех поздравляют.

И вдруг они увидали Катю с Манечкой! И бросились к ним! И схватили их на руки!

— Ёжики! — закричал папа. — Проснулись! Мы, наверно, вас разбудили! Ну ничего, зато мы вместе Новый год встретим! Вот он, Новый год! Пришёл!

— С Новым годом! — закричали гости. — Дети, с Новым годом! Будьте счастливы, милые дети!

Катя с Манечкой сразу развеселились и забыли про все свои неприятные сны.

Они во все глаза смотрели, где же среди гостей Новый год, но так его и не увидели. Маня даже под стол заглянула, но там Нового года тоже не было.

— Ушёл, — сказала Катя. — Торопится он. У него времени мало. Сколько людей его ждут, представляешь?

— Ага, — сказала Маня. — Но ничего, на следующий год мы его обязательно увидим!

А потом папа отнёс Катю и Манечку, совсем сонных, в постель и долго сидел рядом, когда они заснули.

Как Катя, Маня и Костя Палкин
ночевали в джунглях

Однажды Катя и Манечка терпели-терпели, а потом взяли и полезли на антресоли. У них в квартире такая маленькая лесенка была, чтобы на антресоли лазить. Вот они эту лесенку приставили и полезли по очереди.

А там, на антресолях, хранился разный хлам: старые чемоданы, сломанные игрушки, стоптанные ботинки и прочее барахло. Там было пыльно и темно. Лазить туда Кате и Манечке категорически запрещалось. Папа даже написал на дверце: «Осторожно! Вход воспрещён!» – и нарисовал череп и кости.

Но Катя и Маня всё равно полезли.

Они сначала сами полезли, а потом решили туда гостей пригласить. И взять Мышкина для уюта.

Мышкина они посадили в чемодан и наверху выпустили, а потом пошли звонить Косте и Нинке.

Пока они звонили, Мышкин сидел на краю антресолей, свешивал вниз морду и громко мяукал. Он боялся один сидеть в темноте на антресолях. Наверно, думал, там живут мыши.

Вот пришли Костя и Нинка. Видят лестницу. Катя и Маня им говорят:

— Здравствуйте, дорогие гости! Поднимайтесь, пожалуйста, к нам на второй этаж!

— Куда?!

— На антресоли. Чай пить.

Костя тут же полез, а Нинка поглядела на орущего Мышкина, всего увешанного длинными серыми лохмотьями пыли, и сказала:

— Я не хочу. Я уже пила.

— А мы с тортом будем! У нас торт есть.

— Я с тортом пила.

— Ну и уходи тогда!

— Ну и уйду!

И ушла. А Костя Палкин спустился вниз и всё взял в свои руки.

— Так, — сказал он. — Всё прекрасно. Иду за самоваром. Будем из самовара на антресолях чай пить.

Через пять минут он вернулся с самоваром. Самовар был тоже довольно пыльный, а внутри у него пахло ржавчиной, но Катя и Маня очень обрадовались. Они никогда не пили чай из самовара, да ещё на антресолях!

Они вымыли самовар в ванной, а чтобы не тратить время на кипячение чайников, налили в него тёплой воды из крана.

После этого Костя с Маней стали втаскивать самовар наверх.

Мышкин орал и хотел спрыгнуть сверху на самовар.

Самовар не втаскивался, потому что был тяжёлый. С него соскочила крышка и половина воды выплеснулась на Катю и на пол.

Тогда Костя с Маней вылили на пол ещё немного воды, раз уж пол всё равно был мокрый.

Но всё равно было тяжело.

Тогда они вылили всю воду и пустой самовар доставили на место.

— Будем пить чай понарошку...

Они поставили самовар на чемодан, положили рядом остатки торта и приготовились его съесть, но Костя вдруг сказал:

— Мы должны закрыть дверцы и пить чай в темноте.

— Зачем? — испугалась Маня.

— Чтобы было как в джунглях ночью.

— Ой, не надо как в джунглях ночью! Мы не увидим ничего.

— У меня есть свечка.

Костя вынул из кармана огрызок свечи и спички, зажёг свечку и закрыл дверцы антресолей.

— Порядок, — сказал он.

— Здо-орово! — восхитилась Катя. — А теперь давайте поскорей пить чай!

Они сделали вид, что пьют из самовара чай, и съели по куску торта. Все сидели согнувшись в три погибели. Свечка освещала их лица, а вокруг была кромешная темнота. Манечку в спину колол старый сломанный зонтик с торчащими спицами, а у Кати прямо на голове, невесть откуда, оказался жёлтый медведь с одним глазом. Он глядел этим глазом на свечку, и глаз у него зловеще сверкал.

Маня старалась на него не смотреть, но Катя двинула головой, и медведь свалился прямо в тарелку с остатками торта.

— Ой! — закричала Маня, и в ту же минуту сбоку на неё надавила чья-то холодная толстая скользкая нога.

— Ай!!! — завопила Манечка, махнула рукой, и свечка погасла. — Тут нога! Я боюсь!

— Дурочка, это резиновый сапог! Ты зачем свечку погасила? — рассердилась Катя.

— Друзья, соблюдайте спокойствие! Мы в джунглях, — страшным голосом сказал Костя. — Не впадайте в панику. Мы окружены чудовищами. Вон справа, в темноте, притаился страшный скелет!

Маня взглянула и похолодела от ужаса. Там и правда белело что-то...

— Катька, я не хочу! — закричала она. — Давай вылезем отсюда!

— Не бойся, — дрожа сказала Катя. — Ничего страшного нет.

Вдруг Костя завыл в темноте:

— У-у-у!.. У-у-у!

— Ай! Ой-ой! — закричала Манечка. — Катя, где ты? Я тебя не вижу! Костя, это ты кричишь?

— Это не я, — сказал Костя. — Это дикая гиена. Такие гиены всегда воют в джунглях по ночам.

И тут он как залает:

— Ау! Ау! Ау!

— Костенька, миленький, не надо! — не выдержала и Катя. — А то неприятно как-то...

— Ничего неприятного! Это лают шакалы. А ещё в Африку собираетесь! Вы должны закалять свою храбрость! В Африке всегда в джунглях дикие звери воют! У-у-у! У-у-у!.. Ш-ш-ш-ш...

— Ой, а кто это шипит?

— Это шипят кобры и удавы. Они ползают вокруг. Сейчас они задушат нас своими кольцами.

— Ма-а-ма! — закричала Маня.

— Ма-а-ма! — закричала Катя.

И, цепляясь друг за друга, они полезли к дверце.

— А-а-а! — ревела Манечка. — Не хочу в Африку! Не хочу в джунгли!..

Вскоре все трое стояли внизу на полу.

— Нет, не годитесь вы в Африку, — укоризненно сказал Костя, счищая с себя пыльные лохмотья. — Разве это дело — так трусить? Я вас проверить хотел. Экзамен вам устроил.

— Ну и не воображай! Подумаешь, какой храбрый нашёлся! Да мы в твою Африку сами не поедем! Очень она нам нужна!.. Лучше сними с себя паука, а то прямо с пауком в Африку уедешь.

— Какого паука? — вдруг всполошился Костя. — Где паук?

— Вон по воротнику ползёт...

– Где?! Где?! – подпрыгнул, как маленький, Костя и затряс головой из стороны в сторону. – Снимите! Снимите скорей! Снимите с меня паука!

– Не снимем, – сказала Катя. – Ого, какой большой паук! Огромный, правда, Манька? Так и бегает! Так и бегает! Прямо по спине!

– Ай! – вдруг закричал Костя. – Не надо паука! Не хочу! Снимите, снимите его с меня!

Катя схватила двумя пальцами паука и засмеялась:

– Эх ты, храбрец! А паучок-то какой маленький! И не стыдно?

Костя вытер вспотевший лоб.

– Ф-фу, – сказал он. – Терпеть не могу пауков! Они мне на нервы действуют.

– Что же ты? – сказала Манечка. – А ещё нам экзамен устраивал! Нас пугал, а сам...

– Да, вы правы, – сконфуженно сказал Костя. – Видно, я тоже ещё до Африки не дорос. Знаете что, а ну сажайте его на меня!..

– Да он уже убежал.

– Убежал? Жалко!.. Ну ладно, мы вот как договоримся: с завтрашнего дня вы будете ловить штучек по пять пауков и на меня сажать... А то я себя уважать перестану...

И расстроенный Костя Палкин ушёл домой.

– А всё ж таки он хороший, – сказала Катя, когда захлопнулась входная дверь. – Хоть он нас и пугал, а всё равно...

– Ага, он хороший, – сказала Маня. – Я, пожалуй, поеду с ним в Африку, а ты?

– И я. Он к тому времени не только пауков, он ничего на свете бояться не будет!

– А мы?

– А мы – не знаю, – грустно сказала Катя. – Не похоже что-то... А ну-ка, Мань, знаешь что, посади-ка и на меня, пожалуйста, паука!

Как Маня ушла из дома

Однажды произошёл такой случай, очень неприятный и даже печальный.

Вероника Владимировна и Валентин Борисович уехали за город к заболевшей дальней родственнице на целый день и предупредили Катю, чтобы она не разрешала Мане залезать в шкаф, в банки с вареньем и в холодильник, где лежал запас копчёной колбасы, рассчитанный на неделю. Если бы Маня залезла в холодильник, от колбасы мало что осталось бы.

Но как только за мамой и папой закрылась дверь, Маня, невзирая на Катины запреты, тут же полезла в холодильник, заявив при этом, что проголодалась и неплохо бы перекусить. Она жадно схватила копчёную колбасу, но Катя отняла у неё колбасу, сказав:

— Уйди подальше от холодильника, а то хуже будет!

Но Маня не послушалась. Она рассердилась, выхватила у Кати колбасу и довольно сильно стукнула Катю колбасой по голове.

Катя не любила, чтобы её били колбасой по голове, и к тому же мама и папа ясно сказали, что брать колбасу из холодильника нельзя. В тот день Кате очень хотелось быть послушной, что редко с ней бывало. Ей хотелось почаще оставаться одной дома, и она понимала, что надо вести себя хорошо и заслужить доверие мамы и папы.

Словом, сцена у холодильника продолжалась минут пять и кончилась тем, что колбаса полетела на пол, а Катя и Манечка подрались.

Они принялись друг друга толкать. Катя отталкивала Маню от холодильника, а Маня размахивала кулаками и угрожающе теснила Катю.

Кот Мышкин незаметно приблизился к колбасе и, урча, утащил её под диван. Но дети этого не заметили, потому что были заняты борьбой.

— Ты что, с ума сошла? — кричала Катя. — Совсем уже стала обжора ненормальная!

— А тебе что, жалко? Сама ты Кощей Бессмертный!

— А ты толстая бочка!

— А ты тощий скелет!

— А ты крокодила толстопузая!!!

Это особенно рассердило Манечку.

— Ах так! — сказала Маня. — Тогда я тебе больше не сестра!

— Ах так! — сказала Катя. — Вот и хорошо! И уходи давай отсюда!

— Ах вот как! — сказала Маня. — Уходи сама!

И они стали теснить друг друга к дверям, открыли двери и принялись друг друга выпихивать.

Маня, как я уже говорила, была сильнее Кати, но Катя была более ловкой, поэтому она первая выпихнула Маню и закрыла за ней дверь.

Маня разозлилась за дверью не на шутку. Она стала колотить в дверь ногами и кричать:

— Пусти!!!

Но Катя её не пустила.

Тогда Маня заревела за дверью и забарабанила кулаками, но Катя была до того рассержена, что и после этого её не пустила.

Маня с досады заревела ещё сильнее и заявила, что если Катька её не пустит, то она уйдёт из дома и попадёт под машину.

— Ну и уходи! — сказала Катя. — Ну и попадай себе под машину! Нам такие обжоры толстопузые ни к чему!

И Маня взяла и ушла. Она спустилась по лестнице и, ревя, пошла по улице. А если вы себе представите, что у неё на одной ноге была клетчатая тапка, а на другой — старая мамина босоножка и один чулок у неё был спущен, а другого вообще не было, то вы, наверно, сообразите, что Маня выглядела довольно странно. Поэтому, естественно, долго идти по улице в таком виде она не смогла, а была тут же остановлена какой-то удивлённой гражданкой.

— Что с тобой, девочка? Почему ты плачешь и куда ты идёшь? — спросила гражданка, оглядывая с ног до головы Манечку.

Маня, очень сердитая на Катю, жалобно всхлипывая, сказала:

— Я ушла из дому, п-п-потому что меня вы-ы-ыгнала злая сестра-а-а.

— Тебя выгнала сестра? — поразилась гражданка и широко открыла бледно-голубые глаза.

— Да-а-а… Она злая, нехоро-о-шая, вре-е-дная… А я бедная маленькая де-е-евочка, а Катька мне не давала ничего е-есть. Я хотела только кусочек колбаски попробовать, вот такой, а она меня изби-и-и-ла!

А гражданка стала расспрашивать гражданина:

— Вы не знаете случайно старшую сестру этой девочки?

И там стало происходить большое объяснение. Никто сначала ничего не понимал. А Катя шепнула Мане:

— Давай скорей убежим, а то тебя отправят в сумасшедший дом!

— А тебя посадят в тюрьму!

И под шумок они тихо и незаметно улизнули.

Они прибежали домой, закрыли дверь на ключ, посмотрели в окно и увидели большую толпу, в центре которой гражданка с гражданином удивлённо оглядывались и разводили руками.

И Катя с Маней облегчённо вздохнули и моментально помирились и стали вместе рассматривать шахматные папины журналы.

Потому что, знаете ли, это всё-таки были дети неплохие. В конце концов, у каждого бывают свои неприятные моменты.

И когда поздним вечером вернулись мама с папой, они увидели, что Катя и Маня мирно сидят и пьют чай, и всё в доме хорошо: пол они подмели, рыбок покормили, цветы полили, сделали массу приятных и полезных дел, и мама с папой остались очень довольны.

Только им непонятно было одно: как Мышкин ухитрился стащить колбасу из холодильника?

Но это уж ладно. Бог с ней, с колбасой! Не портить же себе из-за колбасы хорошее настроение!

Этот рассказ совершенно ошеломил гражданку. У гражданки в руках была авоська, а в авоське лежала свежая рыба, и гражданка очень торопилась домой, чтобы эту рыбу поджарить. Но история бедной девочки так взволновала гражданку, что она забыла про свою рыбу и решила во что бы то ни стало восстановить справедливость, вернуть несчастное дитя домой и наказать её отвратительную, злую, бездушную старшую сестру.

— Что же это за сёстры такие водятся на свете?! — в сильном волнении воскликнула гражданка и от возмущения встряхнула всеми своими кудряшками на голове. — Что же, девочка, у тебя, кроме старшей сестры, никого нет?

— Нету, — печально сказала Манечка. — У меня были мама с папой, но они уехали.

— Уехали?! Бросили детей?!! Час от часу не легче! Да что же это за родители такие?! Это просто... Я даже не знаю, как это назвать, такое это свинство! Но ты не плачь, моя дорогая! Ты не волнуйся! Мы обязательно разыщем твоих родителей и накажем твою сестру. Мы всё сделаем, чтобы тебе помочь. Скажи мне, детка, сколько лет твоей сестре? Она что, намного тебя старше?

— Намного, — мрачно сказала Манечка. — На целых год и два месяца. — Но потом спохватилась и сказала: — Ой, что я говорю! Да она старше меня лет на десять. А то и на двадцать!

— Ну и ну! Надо сообщить общественности о таком поведении старшей сестры, и надо написать в газету, как ведут себя иные старшие сёстры!.. А скажи, детка, она где-нибудь работает или учится, твоя сестра?

— Нет, она не учится. Она училась на одни колы и двойки и её выгнали из школы.

— Работает?..

— И не работает. Она ничего не делает, а только дерётся с утра до ночи. Нашего кота она тоже бьёт, и наш кот всегда в синяках ходит. Вот она какая злая!

— Она не учится и не работает! Да, мы должны установить личность твоей сестры. Но сначала мы пойдём ко мне домой. Ты, наверно, хочешь кушать, бедная девочка?

— Да, — сказала Манечка.

— Ну вот тебе пока, покушай пряничков...

Гражданка вынула из авоськи пакет с пряниками, и Манечка взяла штук пять пряников, положила в карман и принялась немедленно уплетать.

— Бедное дитя! Такое голодное! — сказала гражданка. И она повела Маню домой, поджарила рыбу, и Маня съела половину судака с большим удовольствием. Внутренне она торжествовала: «Очень мне нужна ваша колбаса! Жареная рыба гораздо вкуснее!»

А в это время Катя испугалась, что Мани всё нет и нет. Она спустилась во двор — Мани не было. Пошла по улице — нигде нет Манечки!

И тут Катя струхнула. Она испугалась, что её младшая сестра пропала. И от этой мысли Катя тоже очень сильно заревела.

И с ней, надо сказать, произошла почти такая же история, как с Манечкой. К ней тоже подошёл на улице человек, только не гражданка, а гражданин, и тоже спросил:

— Девочка, что с тобой? Чего ты плачешь?

— Со мной случилось несчастье: из дому убежала моя младшая сестра.

— Как? Почему же она убежала?

— Потому что она ненормальная! Она, знаете, очень любит из дому убегать. У неё привычка такая, а мне отвечай! Её уже раз сто с милицией домой возвращали!

— Ну что ж делать, надо твою сестру найти! Ты не волнуйся, мы сейчас пойдём в детскую комнату милиции и заявим о таком случае. Не волнуйся, всё будет в порядке.

А в это время та гражданка с Манечкой тоже решила отвести Маню в детскую комнату милиции.

— Мы сейчас там всё объясним, — сказала она устроим товарищеский суд и будем судить твою се правилам закона.

И тут Манечка вдруг представила, как Катю и как потом собираются посадить в тюрьму, и ей с жалко свою сестру, и она призадумалась и испуга всё это кончится.

И Катя, надо сказать, тоже испугалась. Потом нин, который её про сестру спрашивал, сказал ей

— Мы твою сестрёнку найдём непременно. Е её в исправительную колонию отправим. Или в местим. У нас есть хорошие врачи и хорошие бол сестру обязательно вылечат, и всё будет хорош нормальной, как все дети, и из дому убегать бол

Короче говоря, пока они все так приятно р они направлялись к милиции, и почему-то так п и к тем и к другим по дороге присоединялись шивали и говорили: «В чём дело? Что случило нин и гражданка им всё объясняли... Так что вокруг Кати и вокруг Манечки образовалось да небольших толп, в одной из которых все горячо наказать старшую сестру, а в другой — как найт шли эти две небольшие толпы навстречу друг др их шествовали Катя и Манечка.

И тут вдруг Катя увидела Манечку. Её кр руку какая-то тощая гражданка. Лицо у Ман а на подбородке виднелись следы жареной ры

И Катя, увидев Манечку, ужасно обрадова «Ой, Маня, это ты?!»

И Маня увидела Катю и тоже обрадовалас ты?»

И они кинулись друг к другу. А граждани

— Девочка, куда же ты побежала?

Генералы и крокодильчики

Однажды, когда Вероники Владимировны не было дома (она задержалась на художественном совете), Валентин Борисович покормил своих дочерей овсяной кашей и какао (сам сварил, каша немного подгорела, но ничего, есть можно) и обратился к ним с небольшой речью.

— Уважаемые дочери, — сказал он. — Кто вы у нас сегодня?

— Крокодилы, — в один голос сказали Катя с Манечкой.

— Так вот, уважаемые крокодилы, — сказал Валентин Борисович и поглядел на часы. — Сейчас ко мне должны прийти два моих бывших одноклассника, с которыми я дружил в школе,

115

в десятом классе. Поэтому я убедительно прошу вас, как представителей класса хищных пресмыкающихся, залезть в своё болото, то есть в детскую комнату, и дать мне честное крокодильское, что вы из неё не вылезете до тех пор, пока эти люди не уйдут из нашей квартиры. У нас будет важный разговор, и вы не должны нам мешать. Поняли?

— Поняли, папочка.

— Честное крокодильское?

— Честное крокодильское!

— Ну, смотрите у меня! Знаю я ваши крокодильские замашки! А теперь марш к себе, товарищи крокодильчики!

Катя и Манечка поползли по-крокодильски к себе в комнату, залезли на тахту и стали листать шахматные журналы. А в это время в двери раздался звонок, кто-то вошёл, в передней послышались мужские голоса, а потом пришедшие пошли с папой в комнату и закрыли за собой дверь. Стало тихо.

— Интересно, что это ещё за одноклассники? — сказала Катя. — Эй, крокодил, давай только посмотрим на них одним глазом и вернёмся.

— Давай!

Катя и Манечка проползли под вешалкой, увидели на ней две серых военных шинели и очень удивились.

— Что это, крокодил?

— Не знаю!

Они подползли к папиной двери, легли на пол и попытались заглянуть в щёлку.

— Крокодил, ты чего-нибудь видишь?

— Ничего, крокодил.

Тогда они тихонечко, тихо-тихо приоткрыли дверь и одним глазом заглянули в комнату. За столом сидели папа и двое военных. Они о чём-то разговаривали.

— Ого, генералы какие-то! — сказала Катя. — Мне они нравятся. А тебе?

— И мне. Особенно вон тот, с усами.

— И мне с усами. А давай заползём?

— Нельзя. Мы честное крокодильское дали.

Они поползли обратно, посидели на тахте, полистали журнал.

— Крокодил, мне скучно, — сказала Катя.

— И мне.

— Я ещё хочу на генералов поглядеть. Они нас не увидят, они спиной сидят. Давай сползаем?

— Давай.

Катя с Манечкой шустро доползли до папиной комнаты, друг за другом, бесшумно вползли в дверь и залегли у порога.

Трое взрослых, склонясь над столом, увлечённо беседовали.

— Я ничего не слышу. Поползли под стол? — предложила Катя.

Катя и Манечка, никем не замеченные, заползли под стол, сели на корточки и потрогали пальцем чёрные нагуталиненные сапоги.

— Крокодил, мне такие сапоги нравятся. А тебе?

— И мне.

— Я, пожалуй, тоже хочу генералом стать.

— И я.

— Сергей, Юрий, вы меня, пожалуйста, извините, — сказал вдруг Валентин Борисович, — я на секунду выйду. Пойду посмотрю, что делают мои дочери. У них подозрительно тихо.

Папа вышел, военные закурили, а Катя и Манечка так и замерли под столом.

— Странно, их нет, — сказал Валентин Борисович, вернувшись. — Я им велел не выходить… Как в воду канули! Что за народ! Куда они могли деться?

Тут один из военных, который сидел нога на ногу, переменил ногу, и задел Манечку сапогом по макушке.

— Ой! — вскрикнула Манечка.

Папа заглянул под стол и страшно рассердился. Он выволок Катю и Манечку из-под стола, встряхнул и сказал военным:

— Полюбуйтесь! Это мои дочери. Вы видели когда-нибудь что-нибудь подобное? Я велел им сидеть в болоте, то есть, извините, в детской комнате, а они вот где устроились!

Военные снисходительно посмеивались.

— Бывает, — сказал тот, что повыше, Сергей Иванович.

— Это ничего. Вот мой малый третьего дня со двора крысу принёс! — сказал тот, что пониже, Юрий Николаевич.

— Если вы ещё хоть раз сюда зайдёте, я из вас душу вытрясу, — грозно сказал Валентин Борисович. — Марш в детскую!

Кате и Мане стало стыдно перед военными. Что это папа командует, как будто они совсем маленькие! Они уже выросли! А тут генералы сидят и на них смотрят, и нечего командовать! Подумаешь, какой нашёлся!

— Не пойдём, — надулась Катя.

— Не пойдём, — надулась Манечка. — Мы больше не крокодилы. Мы теперь военные. И тебя слушаться не будем.

— Как это «не будете слушаться»? Новости спорта! Мне что же, вас силком тащить?.. Нет, товарищи, вы видали что-нибудь подобное?

— Бывает, — снова сказал Сергей Иванович.

— Мой малый тоже непослушный, — сказал Юрий Николаевич. — Мать ни во что не ставит. Совсем от рук отбился... Тут, как видно, без приказа не обойтись.

Юрий Николаевич встал и вытянулся во весь рост:

— А ну, рота, слушать мою команду!.. Сми-ир-на!

Катя и Маня опешили, вытянули руки по швам и заморгали глазами. Манечка даже слегка испугалась, решила было заплакать, но потом передумала.

— По порядку становись! — скомандовал Юрий Николаевич. — На первый-второй рассчитайсь!

— Первый, второй! — крикнула Катя.

— Первый, второй! — крикнула Манечка.

— Кру-угом! Шаго-ом марш!

— Есть! — крикнула Катя.

— Есть! — гаркнула Манечка, и нога в ногу, макушка в макушку, топая, как слоны, Катя и Маня замаршировали в детскую.

— Ну, точь-в-точь мой малый! — восхитился Юрий Николаевич. — Слушаться не слушается, а приказ понимает!

— Бывает, — сказал Сергей Иванович.

— Здорово! — закричала Катя, оказавшись в детской. — Я генерал! Рота, ать-два, стройся!

— И я генерал! Шагом марш!

Минут пять Катя с Маней, размахивая руками, маршировали в детской. Потом полезли на антресоли и выволокли оттуда чёрный пыльный чемодан.

— Ура! — крикнула Катя, вытащила из чемодана старые выцветшие дедушкины военные галифе и мигом натянула на себя, а Маня нахлобучила на голову огромную серую дедушкину кавалерийскую папаху. Потом они нацепили на себя дедушкины медали...

Но тут я ненадолго оставлю девочек в детской, а сама обращусь к Веронике Владимировне, которая в это время шла по улице, неся на левом плече, на широкой зелёной лямке, большую картонную папку со своими акварелями, а в правой — сумку с пакетами кефира, яблоками и двумя килограммами сахарного песку.

Она возвращалась домой с художественного совета и была в весьма приподнятом настроении. Сегодня у Вероники Владимировны взяли на выставку целых три натюрморта: летний, с золотыми шарами на ярко-голубом фоне и два осенних — маленькие жёлтые астры в длинном хрустальном стакане, и кактус на окне, за которым идёт дождь.

Вероника Владимировна шла, размахивая сумкой, и представляла, как её натюрморты будут висеть в ярко освещённом выставочном зале на Кузнецком мосту, рядом будет толпиться публика, и все станут её работы хвалить и говорить:

«Ах, какой талант! Какая прелесть! Какой вкус! Сколько художественного совершенства! Сколько такта! И ведь это ещё совсем не старая художница, а довольно-таки молодая! И обратите внимание: у неё целых двое детей! Да ещё каких! Это не дети, а разбойники! И как она со всем этим справляется?! Как она успевает ещё заниматься искусством! Да, жизнь женщины — это тернистый путь. Это героизм! Настоящий героизм!»

Вероника Владимировна на секунду расстроилась, вспомнив свою трудную жизнь, но быстро пришла в себя. Она увидела торчащие из земли у края тротуара тёмно-коричневые, шершавые, слегка припорошённые первым снегом травы неизвестного названия, со стеблями, причудливо изогнутыми сухими узорчатыми листьями.

«Какая прелесть!» — подумала Вероника Владимировна и, положив сумку на землю, быстро сорвала несколько стеблей. Потом откинула голову, поглядела на сухой букет прищуренными глазами, как глядят одни только художники, подняла с земли желтовато-серую ветку, оторвавшуюся от дерева, и приложила её к травам.

«Отлично! — подумала она. — Охра, тёмно-коричневый, умбра... С ума можно сойти! Хорошо бы поместить всё это на сером... Нет, на светло-золотистом... Нет-нет, надо прибавить сиены жжёной, травянисто-зелёной и чуть-чуть берлинской лазури!.. Гениально! Будет шедевр! Так и сделаю!»

Вероника Владимировна подхватила сумку, пошла по дороге, прикрыв глаза и мысленно представляя себе свой новый натюрморт: длинный светло-коричневый кувшин, торчащие из него тёмные, сухие травы с корявой ясеневой веткой, и всё это на фоне окна с розоватыми вечереющими облаками...

Тут Вероника Владимировна наскочила на какую-то гражданку с собачкой. Собачка залилась оглушительным, злобным лаем, гражданка проворчала: «Под ноги смотреть надо!» — и Вероника Владимировна вдруг пришла в себя, вспомнила, что её ждут дома муж и некормленые дети, и прибавила шагу. Искусство искусством, а семью кормить надо.

«Боже мой, наверняка девчонки до сих пор голодные! Валентин забыл их покормить и сам не поел, уткнулся в свои шахматы, а дети бегают беспризорные и вытворяют бог знает что! Небось весь дом вверх тормашками перевернули!»

Вероника Владимировна поднялась по лестнице на третий этаж и позвонила в дверь. Тут же за дверью послышался топот двух пар бегущих ног: Катиных — лёгких и быстрых — топ-топ-топ, и Манечкиных, медленных и тяжёлых — бух-бух-бух.

«Надо непременно заставить детей делать зарядку! — подумала Вероника Владимировна. — А то Мария скоро на бегемота станет похожа, а Екатерина улетит, если дунешь... Никак их к спорту не приобщишь! И что за дети такие? И в кого они у нас? В Валентина, наверно. Ну да, да, конечно, в Валентина!»

Дверь открылась, и Вероника Владимировна в ужасе отшатнулась.

Перед ней стояли её любимые дочери, но в каком виде?! На Кате были намотаны и завязаны под мышками верёвочкой старые дедушкины галифе, на голове восседала совершенно новая, неизвестно откуда взявшаяся военная светло-зелёная фуражка с голубым кантом.

А на Мане — ещё того чище! — напялено праздничное белое капроновое платье с голубыми бантиками на рукавах, которое обтягивало Манечку, как наволочка подушку, а поверх платья — красный с синими горохами передник с большим карманом, из которого торчало дуло пластмассового револьвера. Мало того, на голове у неё болталась огромная серая дедушкина папаха.

В руках Маня держала красную пластмассовую саблю, а Катя — лук со стрелами и пистолет с пистонами.

— Ура! Мамочка! Здравствуй! — закричала Катя и прыгнула прямо на Веронику Владимировну, отчего потрясающий сухой букет — находка, чудо красоты, — полетел в одну сторону, сумка

с продуктами бухнулась на пол, вернее, на Мышкина, который, как всегда, болтался под ногами. Мышкин взвыл дурным голосом и бросился в кухню под стол.

— Мамочка! Здравствуй! — заорала Манечка и с такой силой обхватила Веронику Владимировну за колени, что у неё потемнело в глазах и подкосились ноги.

— Ура! Мамочка пришла! Мамочка! — вопила Катя, бурно обнимая Веронику Владимировну.

— Мамочка пришла! Мамочка пришла! — голосила Маня. — Папочка! Мамочка пришла!

— Здравствуйте, ёжики, — сказала Вероника Владимировна, целуя детей. — Не кричите так. Я очень устала сегодня. Скажите, пожалуйста, зачем вы вырядились, как огородное пугало? Кого вы сегодня изображаете? Али-Бабу и сорок разбойников?

— Мы играем в войну. Мы военные.

— А где папа? Почему он меня не встречает?

— Папа занят. У него генералы сидят.

— Какие ещё «генералы»? Что за фантазии?! Сказали бы прямо — папа играет в шахматы.

— Ты нам не веришь? Пойдём, мы тебе их покажем! Знаешь, какие генералы замечательные! С орденами! С погонами! В кухне сидят и чай пьют. А мы не дети. Мы сами генералы!

— Ах, боже мой! — только и сказала Вероника Владимировна. А про себя подумала: «Уж какой там натюрморт! Сумасшедший дом! А всё Валентин! Всё его шахматы!»

— Дорогие мои дочечки! — взмолилась она. — Я очень вас прошу, мне сегодня непременно надо поработать! Черепашечки мои, не бушуйте! Дайте вашим родителям спокойно позаниматься своим делом! Сейчас я тихонько напою вас кефиром с бутербродами, и вы пойдёте к себе в комнату, ляжете в постельку и ни мне, ни папе мешать не будете, да?

— А мы уже ели, — сказала Катя. — Нас папочка накормил. И никакие мы не черепашечки! Мы генералы! Рота, ать-два, стройся!

И, решительно повернувшись к Веронике Владимировне спиной и громыхая в голубой эмалированный тазик скалкой для раскатывания теста, Катя и Маня промаршировали в кухню и отдали честь.

— Товарищи генералы, мы прибыли в ваше распоряжение. Разрешите доложить? — сказали они и бабахнули из пистолета пистонами. — Наша мама пришла. Вот.

— Извините, ради бога, товарищи! — воскликнула удивлённая Вероника Владимировна, войдя в кухню и совершенно неожиданно для себя увидев в кухне незнакомых военных. — Я решила, что это очередная фантазия моих дочерей! Очень приятно познакомиться — Вероника!

— Очень приятно! — Военные встали. — А мы тут, знаете, с вашим мужем и вот с вашими дочерьми вечерок коротаем… Дочки, доложим вам, у вас забавные! С ними не соскучишься.

— О, да! — со вздохом согласилась Вероника Владимировна. — Признаться, я иногда и рада поскучать, да не дадут… Валентин, как они себя вели?

— Хуже не бывает, — сказал папа.

— Бывает, — добродушно отозвался Сергей Иванович.

— Ну что вы, по-моему, грех жаловаться, — сказал Юрий Николаевич. — Мы ваших дочек, когда подрастут, в военную академию примем. Они боевые! Как есть в генералы выйдут!

— Ура! — обрадовалась Катя и бабахнула из пистолета.

— Ура! — обрадовалась Маня и замахала саблей.

— Странные у меня, знаете, дети! — воскликнула Вероника Владимировна. — Вчера они хотели стать клоунами, позавчера — петь в хоре. Две недели назад собирались стать дворниками, как наш дворник Сима. А сейчас они уже хотят стать генералами. Это меня радует. Одно меня огорчает — они совсем не умеют слушаться, а, насколько я понимаю, чтобы стать военными, надо в первую очередь именно этому научиться! Ведь я правильно говорю?

— Конечно, — закивали головами Сергей Иванович и Юрий Николаевич.

— Мы умеем, умеем слушаться! — закричали Катя с Манечкой. — Сейчас сама увидишь! А ну-ка, Юрий Николаевич, скомандуйте нам!..

— Слушать мою команду! — сказал Юрий Николаевич. — Гвардии подразделение, в постель шагом марш!

— Есть! — в один голос крикнули Катя с Манечкой и макушка в макушку, нога в ногу отправились в детскую.

Придя в детскую, они — ать-два! — разобрали свои постели, ать-два! — надели пижамы и ать-два! — бухнулись в постель.

— Вот это я понимаю! — сказала потрясённая Вероника Владимировна. — Теперь я вижу, что вы и в самом деле станете военными. Какая прелесть! Две дочери — и обе генералы! Мне такое счастье и во сне не снилось! Ах вы мои лягушечки-чебурашечки! А ну-ка спать, ать-два!

— Есть! — крикнули из постелей Катя с Манечкой и моментально уснули. А Вероника Владимировна, извинившись перед гостями, очень довольная отправилась в свою комнату.

Ать-два! Сменила нарядное шёлковое платье на выцветшую голубую ковбойку и потёртые вельветовые брюки, раньше принадлежавшие её мужу Валентину.

Ать-два! Заколола волосы, оставив на макушке весело торчащий хвостик.

Ать-два! Воткнула сухие стебли в дагестанский глиняный кувшин, расстелила под ним полосатую декоративную салфетку. Налила в банку чистой воды из-под крана...

Ать-два! Раскрыла коробочку с акварелью, обмакнула кисточку в банку, внимательно взглянула на кувшин и принялась увлечённо намечать акварелью контуры нового прекрасного натюрморта.

Оглавление

Литературно-художественное издание

Для среднего школьного возраста

Серия «ВЕСЁЛАЯ КОМПАНИЯ»

ПИВОВАРОВА Ирина Михайловна
ОДНАЖДЫ КАТЯ С МАНЕЧКОЙ

Повесть

Ответственный за выпуск *А. Ю. Бирюкова*
Художественный редактор *Е. Р. Соколов*
Технический редактор *М. В. Гагарина*
Корректоры *К. И. Каревская, Т. А. Чернышева*
Компьютерная вёрстка *Е. В. Куделина*

Подписано в печать 20.06.2012.
Формат 84×100 $^1/_{16}$. Бумага офсетная.
Гарнитура «SchoolBook». Печать офсетная. Усл. печ. л. 12,48.
Тираж 7000 экз. D-VC-10256-01-R. Заказ № 1849.

ООО «Издательская Группа «Азбука-Аттикус» —
обладатель товарного знака Machaon
119334, Москва, 5-й Донской проезд, д. 15, стр. 4
Тел. (495) 933-76-00, факс (495) 933-76-19
E-mail: sales@atticus-group.ru; info@azbooka-m.ru

Филиал ООО «Издательская Группа «Азбука-Аттикус» в г. Санкт-Петербурге
196105, Санкт-Петербург, ул. Решетникова, д. 15
Тел. (812) 324-61-49, 388-94-38, 327-04-56, 321-66-58, факс (812) 321-66-60
E-mail: trade@azbooka.spb.ru; atticus@azbooka.spb.ru

ЧП «Издательство «Махаон-Украина»
04073, Киев, Московский проспект, д. 6, 2-й этаж
Тел./факс (044) 490-99-01
e-mail: sale@machaon.kiev.ua

ЧП «Издательство «Махаон»
61070, Харьков, ул. Ак. Проскуры, д. 1
Тел. (057) 315-15-64, 351-25-81
e-mail: machaon@machaon.kharkov.ua

www.azbooka.ru; www.atticus-group.ru

Отпечатано в полном соответствии с качеством предоставленных
издательством материалов в ОАО «Тверской ордена Трудового Красного
Знамени полиграфкомбинат детской литературы им. 50-летия СССР».
170040, г. Тверь, проспект 50 лет Октября, 46.